◆◆ 中国文学名家小小说精选丛书

一束光的力量

杨柳芳 著

江西高校出版社
JIANGXI UNIVERSITIES AND COLLEGES PRESS

南 昌

图书在版编目（CIP）数据

一束光的力量 / 杨柳芳著 . -- 南昌：江西高校出
版社，2025.6. -- (中国文学名家小小说精选丛书).
ISBN 978-7-5762-5609-3

Ⅰ . I247.82

中国国家版本馆 CIP 数据核字第 2024EZ9055 号

责 任 编 辑	刘志娟	
装 帧 设 计	夏梓郡	

- -

出 版 发 行	江西高校出版社	
社　　　　址	江西省南昌市新建区工业二路 508 号	
邮 政 编 码	330100	
总 编 室 电 话	0791-88504319	
销 售 电 话	0791-88505090	
网　　　　址	www.juacp.com	
印　　　　刷	鸿鹄（唐山）印务有限公司	
经　　　　销	全国新华书店	
开　　　　本	650 mm×920 mm　1/16	
印　　　　张	13	
字　　　　数	160 千字	
版　　　　次	2025 年 6 月第 1 版	
印　　　　次	2025 年 6 月第 1 次印刷	
书　　　　号	ISBN 978-7-5762-5609-3	
定　　　　价	58.00 元	

赣版权登字 -07-2024-996

追一点光，照亮平民人生

一直对我的名字有点嫌弃之意，"杨柳"的搭配过于常见，加个"芳"更添了一丝俗。所以，在整理这本小小说集时，我曾经想用"浮光"这个笔名署名。但后来想了想，刚开始写小小说时一直用的是原名，而且之前出过的小小说集也是用原名，于是就打消了用笔名的念头。再细想一番，小说源于生活，而充满烟火味的生活是常见的，是俗气的。这样一想，用原名也就没什么可纠结的了。

或许正是这种与"俗"的纠缠，让我对平凡人生有了更深的体悟。菜市场里为五毛钱讨价还价的大婶，公交车上攥着老年卡反复擦拭的老人，深夜里蹲在工地门口吃泡面的民工——他们的故事总让我想起母亲布满裂口却温暖的手掌，想起父亲佝偻着腰背仍要对着晚霞哼两句小调的模样。这些看似粗粝的生活褶皱里，其实都藏着星星点点的金屑，那些市井巷陌的呼吸声，经过艺术的重构竟能发出青铜编钟般的回响。所谓"俗气"不过是生活最本真的质地，就像老树皮般粗糙却充满生命力的触感。当我把这些"俗气"的生活写成小说时，仿佛正在把这些斑驳的肌理织成一幅锦绣，让市井烟火在纸页间升华为照见人性的长明灯，那样的感觉是无比快乐的。

生活中十有八九不如意，但如果总是沉浸在不如意的情绪里，那真的就是不如意了。所以，我们要学会找一点光亮的东西，温暖自己。如果可能的话，也顺便温暖别人。我不是特别开朗、特别会安慰人的人，有时候甚至情商有点低，喜怒哀乐容易形于色，得罪别人而不自知，后知后觉后又常常会懊悔。因此，我给自己的最低标准就是：如果不能温暖别人，但至少不要给别人带来伤害。就这样，在平凡的日子里一日又一日，我不奢求能变成一束光，但我希望自己不要停下寻找那束光的脚步。

三十多岁之后，我的听力下降得越来越厉害，我更不喜欢和别人打交道了，因为沟通起来比较麻烦。别人正常音量的话，我可能要听几遍才能听清楚。所以，我越来越依赖于文字，它们像是无声的桥梁，连接着我和这个世界。于是，在认真完成本职工作之余，我开始更加专注于小说创作，每一篇故事、每一个字句，都是我试图捕捉那些生活中稍纵即逝的美好瞬间，就像是在黑暗中寻找那一束能照亮心灵的光。

我知道，我的听力障碍让我错过了很多声音的美好，但我相信，文字是有力量的，它们可以弥补我在听觉上的缺失。当我写下那些关于普通人生活的点点滴滴，关于他们如何在困境中挣扎、在平凡中寻找希望的故事时，我仿佛也看到了那一束束光，它们穿透了生活的阴霾，照亮了每一个平凡而又不凡的人生。

　　《一束光的力量》这本书，就是我这些年寻找和捕捉光的成果。它不仅仅是我对文字的热爱，更是我对生活、对人性的深刻理解和感悟。我希望，每一个翻开这本书的读者，都能在这些故事中，找到属于自己的那一束光，无论它多么微小，都能在你最需要的时候，给你带来温暖和力量。

CONTENTS
目 录

一 束 光 的 力 量

◀ 苹果饭

　　我不喜欢她，即使她千方百计地讨我欢心，我仍然不喜欢她。

　　她土得掉渣，总是扎着一条麻花辫，穿一条宽口直筒裤和一件洗得发白的蓝衬衫。这样一身衣服，她还特意准备了两套，每天轮换，天天一个样。蜜子第一天看到她时就笑了，这笑不言而喻——土呗。第二天再看到她时，蜜子就不笑了，噘着嘴问我："大热天的，她怎么不换衣服？"我能说什么呢？只能无奈地摇摇头。好在蜜子只是我的邻居，不是我的同学，否则我这脸真不知往哪儿搁。

　　是不是一个男人在想女人的时候，不管多丑多土，只要是女的、活的都可以接受？以前我问过父亲这个问题，父亲当然不敢生气，因为她，父亲觉得对我有愧疚。而她为了不让父亲有这样的愧疚感，便想方设法地讨我高兴。可她也太那个了，土就不说了，还蠢得让人窝火。她连电饭锅都不会用，却信誓旦旦地对我说，会安排好我的每一餐饭。

她第一次给我做饭时，用的是炒菜的铁锅，这让我感到十分惊讶。她却不以为然，还乐颠颠地告诉我："在农村煮饭用的都是铁锅，农村的铁锅是六角形的，架在灶子上，很好看。"我承认铁锅煮出来的饭确实香，但我就是看不惯，特别是她煮出来的铁锅饭，我一看就来气。那次，她第一次给我盛饭，我当着父亲的面把她手里的饭摔在地上，把她吓得不轻。

　　后来，她学会了用电饭锅，再后来连高压锅、电高压锅都学会了。她用各种锅给我做饭，煮的饭倒是很香，这我得承认。饭里有一股特有的乡村味，是快餐店和大餐馆里无法做出来的。我逐渐接受了她的饭，毕竟吃饭是个肚子工程，我不能亏待了自己。但是，接受她的饭并不代表接受她，对她，我表面上仍然不客气。

　　我叫她"哎"或者"喂"。一叫，她就搓着围巾跑过来，用一口乡下口音问我："小枫，有事吗？"她喜欢叫我小枫，可我一听到她这么叫我，就冒火。因为"小枫"是我母亲叫的，她有资格这么叫我吗？我向她咆哮过无数次，可无济于事。她总是用左耳进右耳出的态度来对待我，这种态度更让我火上浇油。她这不是报复我吗？用装傻的态度来忽悠我。

　　和她这样水火不容地生活了两年，日子也算是挺过来了。我本以为生活会一直这样过下去，然而并不是。在两年之后的某一天，父亲居然鬼使神差地失踪了，去了哪儿谁也不知道。他只给她留了张字条，上面写着："帮我把小枫养好，钱我会按时寄回来的。"父亲走的那天，我听到她在房间里痛哭了一宿，整栋楼的灯因为这哭声亮了又灭，灭了又亮。我自然是一夜未眠，对她，我愈来愈痛恨。我想，父亲终于也不喜欢她了，可是，把我丢给她，这算个什么事呢？

她仍旧给我做饭，每顿饭都做得很仔细。

高三那年，我不得不住校，她没机会给我煮饭了。为此，她居然说："小枫，中餐和晚餐我都给你送过去吧。"我吓得不轻，朝她吼道："谁让你送？也不看看你那土样儿，丢死人！"她果然不敢给我送饭了。

我的学习并不好，在学校完全是混日子。混过高中后，我就盘算着去打工了。可她不允许，非得让我考个大学，说我考上大学后，我父亲就会回来找她了。我真不知她是怎么想的。这明摆着嘛，父亲的离开不是不想要我，而是不想要她。她居然不死心，还一心想给我做苹果饭。关于"苹果饭"，是蜜儿告诉她的。蜜儿说我一到吃饭时间就抢着吃同学的"苹果饭"。

她的苹果饭做得倒是不错，她居然会做"拔丝苹果"，这让我很惊讶。周末回家时，我破天荒地吃了三碗，把她乐坏了。我以为仅此而已，没想到她这一乐，脑子又犯糊涂了。待到星期一时，她抱着她的苹果饭跑到我宿舍来，当着几个同学的面把我手里的 iPod 抢下来，说："小枫，我给你送苹果饭来了。"在座的几个同学当即哄堂大笑。

实际上，我的"苹果饭"是这样来的：我用自己的午餐换同学的 iPod 玩，同学们便说 iPod 是我的"苹果饭"。可她居然……丢死人了！我举着手里的 iPod 朝她咆哮："狗屁的苹果饭！这个才是我的'苹果饭'！有本事你给我买一个！"

后来的事我真的不知该怎么说了。她果真给我买了一个 iPod。我知道父亲寄给她的钱远远不够买一个 iPod，她的钱从何而来？问她时，她只会傻乎乎地笑。直到这个疑问被我解开时，我内心终于像被谁击裂了一般，再也愤怒不起来了。

我想，为了她那份卖血单，我怎么着也得考个大学吧。

◀ 美丽的谎言

我隐约感觉到身后有人在动我的挎包，警觉地向后抓去，一只小手就被紧紧地抓进了我的大手里。一个估摸七岁的男孩惊恐地看着我，小声地喊："爸爸……"我吃了一惊，瞪眼问道："谁是你爸爸？"

男孩一点也不退缩，一双清澈的眼睛迎了上来："爸爸，你就是我爸爸呀！"

此刻，公共汽车上的目光全部集中在了我们身上，我有点别扭，想骂几句，终是没有开口。只听男孩一脸惊喜地说："爸爸，你终于回来了，我和妈妈想死你了。"

我绷着脸，一甩手，甩掉了拉着挎包的那只小手。惊恐再次闪现在男孩脸上，我挤出一句话来："小小年纪就不学好，往后怎么做人哪！"

"不……爸爸，我学习很好，还是班长呢！"男孩的声音响亮起来。

我心里"咯噔"了一下。唉！又是一个小乞丐。

快过年了，满大街的小乞丐像小鬼附身一样，见谁就抓谁，讨不到钱时，他们就揪着你不放，发起狠来，还会朝你手上咬一口。这种遭遇我在去年就经历过了，没想到今年又碰上，而且还是在公共汽车上。

我看着眼前的男孩，脑海里忽然闪出一个念头来：既然小乞丐想玩，那就和他玩玩吧。于是，我把紧绷的脸放松下来，笑道："儿子，既然你把我当成你爸爸，那么告诉大家，我叫什么名字呀？"

男孩愣了半秒钟，而后咧开嘴笑起来："你叫钟立，我叫钟正。"说着，取下胳膊上的书包，"哗啦啦"地翻出一本语文书说："瞧，爸爸，这是我的名字，我可不会骗人的。"我又吃了一惊，看来，这小乞丐早有准备了，他这是要把戏演到底啊。好！我奉陪到底。

我从包里掏出自己的身份证，朝车厢里晃了一圈，说："这是我的身份证，大家看清楚了，我叫陈阳，不叫钟立。"说着，又把身份证摆在男孩眼前："小鬼，你睁大眼睛看清楚点啊，爹不是随便就能认的。"男孩张着嘴半天回不过神来。但，几分钟过后，他仍然不甘心地说："爸爸，你是不是为了躲避我和妈妈，才把名字换掉的？"

男孩的话引来了车厢里一阵嬉笑，有的起哄道："大叔，儿子不会随便认爹的，您还是从实招了吧。"我心里恨呀，难不成一个大男人还斗不过一个小鬼？我继续强装着笑脸说："好吧，那你给大家说说看，你有什么证据能证明我是你爸爸？"

这时，又有人起哄："小子，让你爸爸带你去做DNA检查！"

男孩没有理会周围的声音，他从书包里翻出一本红色日记本，又从日记本里翻出一张用报纸包裹着的相片，相片已经泛黄，四个角已经被磨平了。而照片里的那个"爸爸"不是别人，正是我陈阳！并且"爸爸"穿着的格子外套正是我此刻穿在身上的这一件！

看着这张相片，我突然想起了前年的那个暖冬。那年，我和妻子闹离婚，闹得天昏地暗，终于决定在那个没有一丝阳光的冬日里结束这段婚姻。然而，就在去办离婚手续的途中，出现了一个小插曲。一个瘦小的女人突然从马路对面冲过来，战战兢兢地站在我和妻子面前。女人盯着我看了许久，然后恳切地说："先生，能允许我给您照张相吗？因为……您太像我那去世的丈夫了。"

当时的她一脸悲伤与诚恳，让我和妻子禁不住感动了，以至于妻子非常默契地站到了一边，让她顺利地按下了快门。说来也是缘分，也正是因了这个女人的出现，我和妻子的婚姻又被拖延了下来，直至今日，我们依旧共同生活着，没有谁再提离婚一事。

此刻，我终于明白，"儿子"手中的相片很可能是一张合成相片，我之所以变成了相片里的爸爸，或许是母亲对儿子说的一个美丽谎言吧。我不再多言，听着"儿子"不停地说着话："爸爸，妈妈说你去了很远的地方，要很久才能回来，我一直不相信……我那时还以为你……永远回不来了呢，因为我听同学说过，大人说的那个意思就是'死'的意思……爸爸，你知不知道……"

终于，汽车靠站了。刚走下车，我就看到了那张既陌生又熟悉的面孔，她脸上的皱纹明显比去年多了，还长出了不少暗斑，但那双眼睛依旧没变，朦胧中闪着光芒。

一下车，男孩立即喊了起来："妈妈，妈妈，我找到爸爸了……爸爸回来了……"女人看到我那一刻，拿在手中的烤红薯瞬间落了下来，她嗫嚅着想说什么，终是一句话也说不出来。

我朝她笑了笑，拉起"儿子"的手说："走吧……爸爸临时回来了，要和你……还有妈妈一起照张全家福。"

◀ 折翅的蝙蝠

一条红地毯沿着长长的走廊铺展开，走廊上人头攒动，匡九便是其中毫不起眼的一员，一个三十三岁的平凡男人。

走廊两端开着光口，夏日的阳光斜斜地照进来，努力穿透人群，却使得光影交错，人群仿佛置身于光与暗的徘徊中，焦虑情绪更加浓厚。

匡九是北京电影学院表演系的往届生，毕业已十年。这十年间，他在北京漂泊，如今仍住在二十几平方米的简陋住处。今天，他要以资深师兄的身份，与一群年轻师弟师妹竞争机会。在这个时代，想成为演员并非易事，没有金城武的帅气、葛优的冷幽默、成龙的拼搏精神，更缺乏导演的青睐，出名几乎无望。

匡九对面坐着一个女孩，长相酷似静子。这让他总是不自觉地用狭小的眼睛打量她，心中隐隐作痛。女孩或许等得有些疲倦，便斜靠在墙上，捧起一本书阅读。她的表情随着书页翻动而变化，时而微笑，时而皱眉，时而豁然开朗，激动时还会发出清脆的笑声。

匡九终于无法忍受内心的波澜，猛地站了起来，吸引了女孩的注意。"哟，吓我一跳。"女孩显然对他的举动不满。但匡九并未道歉，他觉得没有必要。他只是看了一眼女孩，便掏出烟，朝东头的光口走去。

他面朝阳光，闭上眼，夹着烟雾的嘴巴一翕一阖。那烟雾如同流水纱带，随着他的动作旖旎开来，将原本不生动的脸庞柔化得几分俊逸。美，有时确实需要道具来衬托，正如此时的烟雾。

匡九回想起宿舍老六的话：真正的美只有在游泳池里才能看到，平时看似美艳的脸庞，经过水的洗涤后，五官似乎都被洗掉，露出真正的、陌生的脸庞，往往并不美。老六还曾拿匡九举例："你们看，匡九同志就是现成的例子，他从不使用道具，这才是真正的美！"这番话引得宿舍爆笑，那时的匡九确实像只折翅的蝙蝠，蜷缩在床上，用阴暗角落掩饰内心的痛楚，还要装作满不在乎。

大学四年里，宿舍的男同胞们换女朋友频繁，而匡九除了书本中的颜如玉，几乎独守空舍。他还时常为舍友们传达学校的戒令，以防他们因过于浪荡而遭受退学。

直到静子的出现，匡九"零女友"的记录才被打破。新生入学时，静子扛着硕大的行李箱，满头大汗。匡九见状，二话不说便帮她搬行李。静子喜欢沉默的匡九，此后便时常往他宿舍跑，亲切地叫他"九哥"，让老六羡慕不已。

然而，匡九对自己的外形极为消极。他长着一张尖细的脸，布满豆豆，皮肤黝黑，豆豆与黑皮交织成高低不平的"峡谷"，上面还坐落着一个纽扣般的圆鼻子，挂着厚大的黑框眼镜。他的眼睛狭小，透出暗淡的光，头发稀疏零乱，像垂死的枯草。瘦小的身子走在街上，乍一看甚至会让人误以为他是"残疾人士"。

因此，匡九一直将静子对他的好视为同情。

在这条漫长的走廊上，匡九再次感受到了内心的挣扎与无奈。

那个秋风萧瑟的傍晚，落叶如潮，静子穿越校园，从宿舍追至球场，最终在林荫街的落叶堆中找到了匡九。她心中的怒火再也无法抑制，她对着匡九怒吼："你是胆小鬼吗？为何躲避我？是我配不上你，还是你从未正眼瞧过我？"

匡九漠然地回望，声音低沉："别同情我。"

"谁说同情了？"静子逼近，目光灼灼。

"不是同情，那便是爱？喜欢？幻想？或者友情？"匡九反问。

"是爱。"静子坚定回答。

匡九肩膀微颤，猛然抓住静子的肩，疯狂摇晃，歇斯底里："看清楚，我这样值得你爱吗？满脸豆豆，高度近视，瘦弱无力，贫穷如洗。你爱这样的我吗？别自欺欺人了，滚开，我不需要同情，那会让我更痛苦。"言罢，他一挥手，静子踉跄摔倒，坐在地上呜咽，骂着匡九是胆小鬼。

静子无视匡九外表的缺陷，执意要与他相恋。然而，这份执着却酿成了悲剧，而悲剧的催化剂竟是那风度翩翩的老六。

老六高大英俊，家境殷实，本是众多女生心中的白马王子，唯独静子不为所动。无论老六如何贬低匡九，如何甜言蜜语诱惑静子，静子的心始终属于匡九。这让老六心生嫉恨，他开始将匡九视为眼中钉，那股敌意随着静子的执着愈发强烈。

悲剧发生在匡九的宿舍。当静子再次来访时，老六正因与女友争吵而怒气冲冲。看到静子，他嘴角挂着轻蔑，讽刺道："咱们宿舍又添了只母蝙蝠，真是热闹。"话音未落，匡九的拳头已击中他的脸庞，老六猝不及防，重重摔倒。

愤怒的老六如狂狮般跃起，双眼喷火。他从未想过沉默的匡九会出手，更无法在静子面前丢脸。他怒吼："好样的，一只会打架的蝙蝠。"他起身抹掉嘴角血迹，突然操起旁边的水果刀，向匡九掷去。静子眼疾手快，惊呼着扑向匡九，刀刃却精准地刺穿了她的胸膛。

此时，红地毯上，一阵骚动。

"下一个，匡九。"

"匡九在吗？"

匡九掐灭手中的烟，步履蹒跚地走向那声音。他像一只折翼的蝙蝠，在耀眼的红地毯上停停走走，最终穿过众人奇异的目光，迈进了成功的大门。

谁也没有料到，这个形似蝙蝠、三十三岁的男人，竟赢得了导演的青睐，从数百人中脱颖而出，步入了梦想的舞台。

成功后，匡九偶遇那个神似静子的女孩。女孩惊讶地看着他，说："当年，我以为你会被淘汰，没想到……"

匡九微笑："我只是在演自己，演一只折翅的蝙蝠。"

◀ 守门虎

　　王虎一定是闲得发慌了，至少他的女朋友卢猫是这样认为的。若非如此，他怎会干出那样令人啼笑皆非的事情来？

　　王虎要找汪书记的事情，简直比邻居家的二哈还出名。然而，他却像中了邪一般，整整折腾了一个月，不但没能见到汪书记的面，反而落了个"狗改不了吃屎，越吃越不上道"的臭名。

　　王虎打死也不承认自己是狗。在他的内心深处，他坚决否认这一点。但自从他在玛莉医院守门以来，这几个月里，他已经被无数次地骂作"看门狗""狗腿子""走狗"……唉，这一切的根源，还不是看病难的问题在作祟！

　　这"看病难"的梗，让病人们走到医院门口就忍不住把火气撒在王虎身上。王虎这只本想威风凛凛的虎，一下子就被扣上了"狗"的帽子。他招谁惹谁了？他冤不冤啊！

　　还好，市里新来了个汪书记。这汪书记刚上任，就推行了一项医改政策，把玛莉医院的药价压了下来。药价一降，病人对王虎的脸色好了一些。然而，刚过了几天太平日子，王虎心里又开始不舒服了。这种不舒服感随着来来往往的人对他的漠视而日渐强烈。王虎想：我咋就不是人了呢？药贵的时候把我当狗看，药降了还是把我当狗看。王虎这么一想，转念又想到了汪书记。

王虎找汪书记到底要干什么？谁也不知道，连卢猫也不知道。就算卢猫把刀架在王虎的脖子上，王虎还是那句话："我王虎咋就成了狗了？"卢猫骂他、劝他、求他，让他死了这条心。卢猫说："人家堂堂一个汪书记，哪有闲工夫管你这等芝麻绿豆大的小事？"

但卢猫毕竟是卢猫，她根本拦不住王虎这只"虎"。实际上，拦住王虎的是很多条"狗"。

王虎刚到政府办大楼门口，就被保安拦住了。保安的一声吼，把王虎震得不轻。王虎闷着头想：你不也和我一样是个看门的，凭什么你能像虎一样发威，而我却不能？想着想着，王虎就更不爽了。他终于查到了汪书记的办公电话，然后迫不及待地打了过去。没想到，电话里传来一个甜美的女声。

"您好。"

"你好，我找汪书记。"

"请问您是哪位？"

"我叫王虎。"

"王虎？"

"嗯。"

"您是哪个单位的？"

"玛莉医院。"

"您有什么事可以跟我说,我可以向汪书记汇报。"

"这有用吗?"

"当然有用。"

"是这样,我就想问汪书记一个问题。"

"什么问题?"

"嗯……算了,我还是不和你说了吧,我想直接问他。你可以把电话转给他吗?我就问一个问题,绝对不打扰他办公。"

"很抱歉,汪书记现在不在,请您改天再打过来。"

"嘟……嘟……嘟……"

王虎哪肯善罢甘休?他折腾了一个月,不是被保安拦,就是被秘书和司机拦。王虎把这满腔的苦水向卢猫倾诉。卢猫一听,不但没有半点同情心,还哈哈大笑。

王虎说:"你笑啥?"

卢猫说:"笑你呗。"

王虎又说:"我有啥子好笑的?"

卢猫又说:"你想想,人家汪书记身边那群人不也都是'狗'吗?看门狗、秘书狗、司机狗、电子狗、马屁狗……你有啥想不开的?"

王虎一愣,无言以对。卢猫又大笑着说:"我看你就是闲得发慌了。"

王虎闲得发慌了吗?没有!他饿着呢!他恨不得把天下的"狗"都给吃了!

见不着汪书记，王虎心里就像有块大石头压着，想搬走又搬不动，不搬又难受得要命。于是，王虎决定要去"吃狗"。

　　这天，王虎在政府办大楼不远处守候着。待汪书记的车一出现，他猛地就跳了出来。车子刹不住，把他撞了个四脚朝天。司机吓得跳下车，一看是王虎，脸一黑就训道："又是你！你不想活了！"王虎抱着一条腿哎哟个不停，心里却暗暗说道："我就不信你不得把我抬进车里，这回我吃定你了！"

　　正"哎哟"着，汪书记一边打着电话一边走下车来："好，就这样了。我这儿出了点状况，晚点我们再详谈。好，一言为定。嗯，再见。"

　　王虎看到汪书记，一时间愣住了，嘴却仍然不听使唤地直"哎哟"。

　　汪书记见状，赶紧蹲下来关切地问寒问暖。这让王虎又傻了眼。王虎想：汪书记啊汪书记，我找了你一个月，难道你一点儿也不知道？正想着呢，司机嘴快道："你咋就找准了这个时间？咱汪书记出差一个多月了，还没来得及喘口气呢，你就来了。"

　　王虎一听，觉得自己冤枉了这些"狗"……不！是"人"！他心里很过意不去。

　　汪书记把王虎请到车里，王虎就把心里的疙瘩从头至尾地向汪书记说了一遍。刚说完，司机忍不住哈哈大笑，笑完还不忘说上一句："我说你真是闲得发慌了！"

　　王虎也不恼，他看着汪书记严肃地说："汪书记，今个我也不想多说，我就想向您确认一个问题。"

汪书记点点头说："你说吧。"

王虎就说："您说我们守门的到底是狗还是人？"

汪书记反问他："你说呢？"

王虎说："我们当然是人！可人家却把我当狗看！"

汪书记深思了一会儿后，拍拍王虎的肩头道："别人把你当什么不重要，重要的是你把自己当成什么了。"说完一挥手向司机道："阿强，上毛家饭馆请我们这只'拦路虎'吃个痛快！"

司机一听哈哈两声道："好咧！"

王虎这会儿又愣住了。他的脑海里不禁浮起卢猫的脸庞。他仿佛看到卢猫龇着牙在笑他："嘿！真是闲得发慌了！"

◀ 老李和小李的那些事

老李和小李之间总是有点事发生，这些事大到彼此飞拳舞袖，小到彼此唇枪舌剑。总之，他们之间有着一道难以逾越的鸿沟。

老李喜欢看书，小李喜欢玩游戏。这让老李很头疼。老李曾经无数次好言相劝，小李却不领情，还喋喋不休地反驳："你看你一辈子看那么多书有什么用？你以为知识真的可以改变命运？哼！信这个，喝西北风去吧！"

老李一听，气不打一处来，"啪"的一声把桌子拍得震天响。小李也不甘示弱，下巴扬起45度，嘴角微微上扬，摆出一副要决一死战的姿态。这副姿态更是激怒了老李，老李吼道："你反了是不是？有胆你撞上来试试！"小李果真一头撞了上来，把老李顶到了墙角。老李恨恨地骂道："你这个狗东西，还真反了……"说着，"嘭"的一声，老李把巴掌换成了拳头，但目标仍是桌子。小李心里暗笑："多少年了，就会这一套，也不懂换个新花样。"想着，小李蔑视地离去，把门摔得震天响。老李在背后咆哮："兔崽子，有本事别回来！"

小李要远行，背着行囊向老李告别："我要去闯天下。"老李很是不悦，咝咝地抽着烟，两只眼睛红红的，想说什么却没说出口。待小李欲转身之时，老李忍不住挤出一句话来："翅膀硬了，是该出去闯闯了。"小李似闻未闻，一挥手，把背影留给了老李。小李渐行渐远，老李忽然想起了什么，拔腿追上去。追至小李面前时，小李吓了一跳。老李二话不说，抡起拳头在小李肚子上重重地打了一拳。小李咆哮道："你疯了！"老李的眼神黯然神伤，看着小李却又不能不骂道："有种的话，三年后功成名就地回来！"小李愤然而去。

三年里，老李和小李没有通过一次电话，但彼此间的战争却从未停止。他们通过各种途径去打听对方的消息。听到一点风声，老李就哑着嘴骂："不成人样才好！活该不听我的话！"骂完后，又忍不住把钱取出来，悄无声息地打到小李的账户上。小李也不示弱，听到老李旧病复发，又把钱毫不犹豫地取出来，买了很多补品，外加一个时尚的 iPhone 寄给他。老李看到这一切，肺都要气炸了。终于在第三年的第二十天打电话过去骂道："你个狗东西！我这个钱可是用命换回来的！"小李也咆哮道："你这个老东西！吃点好的吧！不把身子养好，我怎么有机会索回那一记拳头？还有，你那诺基亚可以当古董了！换个新的玩玩吧！"老李哼哧几声说不出话，心头却莫名地升起一股甜蜜。

第五年，小李突然现身，蓬头垢面的，把老李吓了一跳。老李问："怎么就这样回来了？"小李不答话，从背包里掏出一沓钱，塞进老李手里说："拿着！以后我再回来。"说完又要往外走。老李一个警醒，拽住他的胳膊问："你犯什么事了？"小李用力抽胳膊说："没事！去赚大钱！"老李不信，拽着胳膊不放。小李突然一头撞在墙上，额头顿时血淋淋的。老李吓得赶紧放手，小李趁势拔腿就跑。老李追上去，无奈体力不支，一个跟头摔倒在地。

　　小李回头看，止住脚步，终于又忍不住折回来把老李扶起，一脸的惶恐。老李逼问道："有屁就放！"小李说："不小心把个姑娘撞残了。我把她送医院后，偷偷溜了回来。我怕……"啪！这回，老李的巴掌实实在在地落在了小李的脸上。小李顿感一阵火辣辣的疼。他暗想："几十年来老李的巴掌都是落在桌子上，这回他是动真格的了。"

　　老李陪小李回医院，看到残疾的姑娘，老李一个扑通跪下来扇自己耳光。小李也跟着跪下来，也抡起巴掌扇自己。扇到姑娘说："都住手吧！事情都发生了。"老李住了手，从口袋里掏出几本存折，颤颤地递给她说："姑娘，密码是 458490。我们会负责，一定会。"姑娘忧郁地看着小李，小李不敢看她；姑娘又看老李，老李一脸的皱纹都拧成了麻花。姑娘最后对小李说："娶了我吧。"两人怔住了，半秒后，两人又齐声道："好！娶！"姑娘破涕为笑。

　　婚后，小李问姑娘："是不是怕自己残了嫁不出去？"姑娘摇头。小李不信："难不成看上我的帅气了？"姑娘"呸"了一声说："才不是呢！"那是为什么？姑娘挤挤眼，朝老李看去。

小李很疑惑，后又顿悟道："哦……舍得了孩子套得住狼啊！"老李闻声侧头看过来，只见姑娘正气呼呼地掐小李的大腿问："谁是狼？谁是狼？"老李见势赶紧冲过来，"啪"的又是一掌，但目标仍是桌子。欲要咆哮时，忽发觉不对劲——手掌不再有以前那种火辣辣的疼。低头看去，手掌下是小李的手掌。小李狡黠一笑说："你这手掌还是留着以后抱孙子吧！"

呵！老李和小李之间也就这点破事了。陈述到此吧。

◀ 珍珠项链

        电视里流淌着悠扬的音乐，餐桌上红酒的香气四溢。严妮妮和艾耳二十多年的深厚感情，如同施特劳斯笔下的《蓝色多瑙河圆舞曲》，此时正细细地诉说着。

        在经历了一夜难舍难分的话别之后，严妮妮和艾耳这两位闺蜜终于迎来了交换纪念品的温馨时刻。严妮妮缓缓地从颈间摘下一串珍珠项链，轻轻递给艾耳，眼中闪烁着不舍："你就像这串项链，是我永远值得珍惜的人。现在我把它交给你，希望你能像爱护我一样爱护它。"

        艾耳从包中取出一支看似普通却意义非凡的钢笔，递到严妮妮手中，微笑着说："那我就把这支钢笔送给你吧！虽然它并不名贵，但陪我度过了无数个日夜，我用它书写了无数篇章。你到了法国后，记得用它给我写信哦！别忘了，方块字是我们的根，也是我的心头好！"

        于是，那串承载着深情厚谊的珍珠项链，从严妮妮的颈间转移到了艾耳的颈上，开始了新的旅程。

而我——正是那串见证了无数故事的珍珠项链。

自从艾耳拥有了我，她的内心充满了喜悦，虽然表面上依旧保持着那份淡然，但照镜子的次数明显多了起来。有时，她正在创作小说，会突然起身，走到镜子前摆弄一番；或是突然打开衣柜，在镜子前不停地试穿衣服。那份欣喜与平时的淡然相比，简直判若两人。而我，则将她高贵典雅的气质衬托得更加出众。

然而，如此珍爱我的艾耳，却在不久后的一次经历中，让我陷入了前所未有的危机……

那一天，天气有点沉闷，像天空藏着心事似的。在即将下班的时刻，艾耳被上司贾主任带去参加应酬，一同参加的还有副主任李理和其他几个同事。艾耳被安排坐在了今天的贵客任局长旁边，与贾主任一同环侍着任局长。

艾耳虽然不认识任局长，但她明白任局长的身份尊贵，而她只不过是公司里的小文员，她有什么资格坐在任局长旁边呢！她看了看坐在对面的副主任李理，心里有些局促不安，她知道自己坐的位置应该是李副主任坐才对。她越想越紧张，手心紧紧地拽着衣角，我甚至感受到了她脖子上渗出的细汗。

任局长是个老江湖，一眼就看出了艾耳的紧张。他哈哈一笑，气定神闲地说："美女嘛，当然应该坐在领导这边！鲜花就应该开在最合适的地方嘛！"说完，他伸出手，轻轻地拍了拍艾耳的肩膀说："你长得就像我邻家的小妹一样漂亮！"任局长这一拍，让艾耳更加紧张了。

酒桌上，任局长不停地号召大家向艾耳敬酒。艾耳无助地看着贾主任，希望他能够阻拦这一切。但贾主任不仅没有阻拦，反而用鼓励的口气说："任局长让大家向你敬酒，是看得起你！其他人想有这个机会还没有呢！"

艾耳虽然才华横溢，但在这种场合下，却显得嘴拙舌笨。面对众人的敬酒，她毫无招架之力，只能顺从地一杯接一杯地喝。

当每个人都和艾耳喝过两轮后，任局长站起来，端起酒杯对艾耳说："看不出美女酒量那么好呀！来，我们喝个交杯酒吧！"

此时，艾耳已喝得满脸绯红，有些醉意。任局长将她的手牵过来，她惊慌地甩开。然而，任局长并没有放弃，他再次牵起艾耳的手，闻了闻，陶醉般地说："好香啊！是酒的香味？还是艾耳的香味呢？"艾耳恼羞成怒地甩开了。

习惯了笔墨纸香的艾耳显然对这种环境极不适应，且没有任何应对之策。而此时她的酒劲越发上头，她只好下意识地退出酒桌，坐在了后面的沙发上。

然而，还没等她坐稳，就感觉有个人迅速地靠过来。一双手拍了拍她的肩膀，然后划过她的脖子，停留在了她的项链上——也就是我的身上。同时，一张嘴巴也凑了过来，带着一股浓浓的酒味。

艾耳如同梦中被一盆冷水泼醒一般，猛地站起来，她用力将那个人推开。但遗憾的是，我在那个人的拉扯之下，迅速地离开了艾耳的脖子，断成了一条线。在没有遇到任何阻力和挽救的情况下，我急速地向下坠去。

我想伸出手紧紧地抓住艾耳的脖子，却发现我的手已经完全软弱无力。随着几声清脆的声音，我的身体四分五裂地躺在了冰冷的地板上。

那一刻，我心中充满了痛苦的眼泪，却无法流出来；充满了悲哀的愤怒，却无法喊出来！然而，就在这时，一个坚定的声音响起："住手！你们怎么能这样对待一个女孩子！"

竟然是一直沉默不语的李理！他愤怒地制止了那个人的行为。酒桌上的欢笑瞬间停了下来，所有人都惊讶地看着这一幕。大家知道，李理——这个一向刚正不阿的副主任，今天又要多管闲事了。虽然只是一声喝止，但他这不简单的一声一定又会让他遭受公司的排挤和报复。

在李理的制止下，艾耳逐渐恢复了平静。她看着我四分五裂的身体，眼中充满了哀伤和愤怒。但她并没有沉沦下去，而是默默地决定将用自己的方式去反击这一切。

从那以后，艾耳变得更加坚强和勇敢。她用自己的才华和笔触去揭露社会的黑暗，去为那些受到不公待遇的人发声。而我——那串曾经见证了她无数故事的珍珠项链，虽然已不复存在，但我那高洁的光辉一定会永远追随着她，还有那个叫李理的副主任。

◀ 智慧芯片

阿丁咧着嘴，傻呵呵地从客厅里冲出来，两只手抱着一个小木凳。小木凳被肥大的肚子顶得高高的。他冲进一群小屁孩围成的人圈里，"哐啷"一声把小木凳往地上一摆，就傻呵呵地说："我也来比赛。"

一圈小屁孩估摸都八九岁的样子，看着阿丁都乐开了花，有的朝阿丁喊："阿丁，你都三十岁了，还和我们比赛啊？"有的跑进人圈里，摸着阿丁滚圆的肚子说："你要是输了，得给我们每人送件礼物，怎么样？"

阿丁挠着头，还是傻呵呵地笑，他慢吞吞地说："行啊，一点问题也没有。"

"哈哈，你看看你，连说话都颠三倒四的，还能赢了我们？"小屁孩们笑得东倒西歪的。阿丁看他们笑得那么开心，也跟着笑，反正他自己也确实很开心。

躲在角落里的母亲看着阿丁也笑了。她想朝阿丁挥挥手，嘱咐他几句话，但又忍住了。都是孩子，就让他痛痛快快地玩吧。

比赛就这样在一群小屁孩的欢呼声中开始了。

母亲看了一会儿，就走回家里给孩子们做芝麻饼。她知道，阿丁最终要输的。可是阿丁能送小屁孩什么东西呢？他什么也没有，没有爷爷奶奶，没有哥哥姐姐，没有学校朋友，就连爸爸也没有了。即便有几个小玩具，也已经被他玩得破烂不堪。眼下，他能给那群小屁孩的礼物，也仅仅是自己那一张笑脸了。

对于母亲来说，阿丁的笑脸就是一份珍贵的礼物；而对于其他人来说，阿丁的笑脸则是一个愚蠢的标志。因为，阿丁确实三十岁了，可是他的智商还停留在五六岁。

母亲系上围裙，把面团、芝麻从橱柜里拿出来，她要给孩子们准备一份小小的礼物。她两手用力地搓揉着面团，整个身子有节奏地前倾或后仰着，一缕银丝从耳际边滑落下来，随着她的身体不停地晃动。

偶尔，母亲会露出一丝笑；偶尔，母亲又会皱起眉头。大半辈子就这样过来了，酸甜苦辣，她都记得一清二楚。

从阿丁的咿呀学语到穿衣吃饭，再到认字读书，这一切，其他母亲只需几年的时间，而她就花了一辈子。她自然是无怨无悔的，儿子是母亲的心头肉啊！除了她，还有谁能为阿丁解决人生中的所有难题呢？鱼刺卡到喉咙里了，阿丁哭得惊天动地，母亲就背着他走了几公里的路去求助医疗所。阿丁吵着要上学，她就天天去求校长。求了三个月后，校长终于唉声叹气地说："搬个板凳在窗口旁听听吧。"阿丁被欺负了，母亲就抢起菜刀喊："以后谁要是再敢欺负我家阿丁，你看我和不和他拼命！"阿丁想找朋友玩了，母亲就一家一户地找。母亲对每个孩子都说："你们和他玩吧，就玩个比赛，他输了就让他给你们送礼物。"所以，孩子们都来了，大院里，欢呼声此起彼伏。

阿丁坐在人圈里，他们在玩一个"智慧芯片"的游戏。游戏是这样的：一人负责提问，被问的人不能马上说出答案，而是要通过寻找自己的"智慧芯片"来得到答案。被指认为"智慧芯片"的人必须在一分钟内把答案说出来，一旦超出时间或答不正确，两人就会被双双出局。

比赛仍然在热烈地进行着，小屁孩们都轻松地闯过了关。现在，只剩下阿丁了。大家你看我，我看你，都面面相觑，笑了起来。他们知道，阿丁的"智慧芯片"绝对不会把正确答案说出来的，因为大家都等着要他的礼物呢！

提问人说："阿丁，五乘以八得多少？"阿丁左看右看，不知要找谁好。一分钟过去了，阿丁还在犹豫着。小屁孩们等得不耐烦了，都朝他嚷起来："阿丁，再给你十秒钟，你不找来'智慧芯片'，你就算输了。"

大家开始齐声喊数："一、二、三、四、五、六……"喊到十的时候，阿丁突然冲出人圈，朝屋里的母亲喊："阿妈，阿妈，你来当我的智慧芯片……"

母亲手里还提着锅，就被阿丁拉了出来。小屁孩们傻眼了，有人噘嘴道："阿丁犯规啦！不能找其他人，只能找圈里的人。"

母亲就笑笑，说："我现在和阿丁都在圈里呀，算不算圈里人？"

小屁孩们齐声说："不算，不算，只能找刚才的圈里人。"

母亲只好走出了圈，而阿丁没有再找其他智慧芯片，他乖乖地认输了。

◀ "邪恶"老板娘

学习不好的我，十八岁就不再读书了。父母也不管不问，任由我发展。我觉得这虽然有点自由，但又有点悲凉。

我在南宁市的各个角落瞎混了两个星期，最后在电线杆上看到一则招聘煮粉工的广告。为了赚钱，我去了。

面试的老板娘是个四川女人，四十来岁，一头深褐色的卷发，皮肤白皙，嘴唇单薄得像一条刀边，涂上光亮的唇膏后更显犀利。我被那张嘴一顿严厉的"拷问"后，幸运地留了下来。她后来告诉我，把我留下来的原因是看中我的单纯，说我不像社会上那种混久的人。

粉店还有一个女孩叫叶梓，长得白白净净，说着一口桂柳话。在粉店也只有四个月的时间。后来我们成为好朋友是自然而然的事，因为我们都不喜欢老板娘，感觉她有点儿邪恶。

我承认老板娘确实是一个做生意的料。起初，我刚学切锅烧的时候，她说："你这叫切片吗？足有半厘米厚了！像你这样，我得卖多少碗粉才能赚回本钱？"后来她眼珠子一转说："如果以后再切成这么厚，发现一次就扣二十元。"这个方法很奏效，后来我不得不逼着自己把锅烧切成薄片。这一波操作后，我以为会被顾客骂，没想到反被顾客赞扬："小姑娘，刀工不错哟！"

后来我才知道，只有好的锅烧才能切出如此薄的肉片。难怪老板娘做生意那么"抠门"，但来吃的人不减反增。

老板娘也有开恩的时候，就像那一天，时间刚过下午六点，她就笑盈盈地对我和叶梓说："今天放你们假，想去哪儿玩就去哪儿玩。"

我和叶梓借了老板娘的自行车。叶梓说，她的哥哥在广西大学读书，想去看看他，希望我可以陪她去。我去了，但如果我知道后来的事情会那样发展的话，打死我都不去。可是我不是神，我没想到我会"栽"在老板娘手里。

广西大学离我们的粉店很远，骑自行车起码也得一个小时，何况还是两个人共用一辆自行车。我们一路上说了很多话，从老板娘谈到目前的工作状态，谈到以后的婚姻、以后的老公。一路聊来，感觉路程也缩短了不少。

叶梓见了哥哥后，人一下子就变得开朗许多，可是这短暂的开朗很快就消失了。因为我们的自行车被偷走了。我们和叶梓的哥哥在广西大学来回地找，但还是没找到。后来叶梓的哥哥说："天黑了，你们先坐公交车回去吧。"

可是，我们没有听他的。我们决定徒步走回去。我记得，那天月亮特别亮，它不断地变幻着身姿陪伴着我们。就在那样的夜

一束光的力量

里，我和叶梓走了很久很久，我们心惊胆战地猜测着老板娘知道自己的自行车被我们弄丢后的各种"暴力"反应。

准备走到粉店的时候，我们在一个黑暗的角落里看到一个人，他蜷缩在工商银行的门口处打盹，整个头都埋在了膝盖上。而他的前面就放着一辆自行车，自行车的后尾处还绑着一个锤子和工具箱。叶梓看到后，用肩膀推了推我，然后凑到我耳边说："把那车拉走吧，你看这地方也没什么人。"她说出这话的时候，我颤抖了一下。我怕，我真的没干过这种小偷小摸的事。可是叶梓不断地催促："快点，等下他醒了就来不及了。"说着她就走到那辆自行车旁，将车子扛了起来。自行车后尾的工具沉得让她有些喘气，我只好箭步跑过去帮她扛车的后尾。

夜很黑，估计也有十点了。我们的身影被灯光拉得很长很长，最后消失在那条无灯的小巷里。这条小巷让我们成功地"得到"了一辆自行车。

可是当老板娘看到那辆自行车后，眼球几乎要瞪出来，她嚷道："是谁给你们的胆子，敢偷车！"

我和叶梓都低着头，不敢看她。她骂骂咧咧地扛起自行车，吼道："走！还回去！否则，我就把你们带到公安局去报案！"

她这一说，我和叶梓吓得赶紧扛起自行车的后尾。叶梓支支吾吾地说："我们以后不敢了。"

"这车哪里来的？还不赶紧带我过去！"老板娘又吼道。

"在……在前面路口的工商银行那里。"我结结巴巴地说。

我们到达工商银行时，看到刚才那个打盹的人已经醒了。他正在焦急地四处张望，他看到我们后，如猎豹一般冲过来。我和叶梓吓得躲在老板娘身后。

"啪！啪！啪！"老板娘忽然在自己脸上扇起几个响亮的巴掌。她沉痛地说："大哥，真对不住呀！我这做家长的没教育好孩子，这两个孩子鬼迷心窍，偷走了你的自行车！真对不住呀！"说着她又"啪！啪！啪！"往自己脸上扇耳光。直到那个大哥消了气，说："行了，行了，看在你有诚意的份上，我也不计较了……"

那一刻，我心里既愧疚又温暖。长久以来，我以为她是一个邪恶的老板娘，长久以来，我以为我是一个没人管的小混混。如今，我觉得我该改变点什么了。

◀ 充满烟火的奇幻爱情

一只大手拉着我的手不断地向前奔跑，我身着白色的长裙，裙摆很长，不得不用另一只手提着。湖蓝色的帆布鞋在奔跑中失去了原有的优雅，仿佛被顽皮的小孩涂抹上了童年的记忆。

去哪儿？我也不知道。

暮霞从密林间的缝隙斜射下来，整个森林变得斑驳陆离。我和他像两只跳跃的小鹿，向森林的深处跑去。前方是一片烟波浩渺，森林显得深不可测。

"去哪儿？"我问道。

"别说话，跟着我走。"他回答。

此时，他的模样开始清晰地浮现在我的眼前：柳眼细长，鼻梁挺拔，丰唇如玉，面色清冷，黛发笔直如中锋。

我没有再问去哪儿，只是一直跟着他奔跑。

前方，一条细长的山泉汩汩流淌，源头不知在何处，就像我们的去向隐藏在那片广袤的森林里一样。

我挣脱他的手，蹲在山泉旁。双手捧起泉水，冰莹剔透。再往脸上一扑，脸上的疲倦与尘埃仿佛都随风飘散。我回头看了他一眼，他正痴痴地看着我，然后唤了一声："小飞，走吧，天快要黑了。"

我站起来，手又落回到那只大手里。

我们穿过一片又一片的绿树，最终到达一处峡谷。

"你看那……"

我顺着他手指的方向望去，只见一片耀眼的红树林。

"以后我们就住在红树林里。"他幽幽地说。

"没有房子怎么能住人？"我疑惑道。

他细长的眼睛盯着我："这不是你梦寐以求的吗？一个远离人间烟火的地方。"

"走！"男人再次拉起我的手向红树林跑去。

我依旧没有挣脱他的手，跟着他奔向那片红树林。

一轮浅浅的弯月已经显露天际，我们终于住进了红树林里。一阵缠绵后，我的肚子饿得"咕噜"叫。他温柔地笑了笑，一伸手，手就变长了，变得很长很长。他用那只很长很长的手在天空摘下一片白云，再一揉一搓，吹口气，白云顿时变成了一片棉花糖。他说："吃吧，我们可以远离人间烟火。"

我一直渴望童话般的爱情，而眼前的男人就是我的童话。

然而，正陶醉在梦乡的我忽然被一只小手拉醒："妈妈，我尿床了。"

午后两点多，我惊醒过来，看到身旁三岁的儿子正用一双乌亮的眼睛看着我。再低头一看，床上湿了一片。我皱了皱眉，轻轻捏了捏儿子的脸："你这个小坏蛋！"儿子嘿嘿地笑，一骨碌爬起来脱掉了尿湿的裤子。

我如往日一般，熟练地为儿子收拾各种突发事件，又熟练地做着各种家务。忙到下午六点多，我又开始准备晚餐。总之，我的生活永远处在最熟悉的人间烟火中。其实，我多么想逃离这样的生活啊！要知道，我可是一个大学生，一个优秀的大学生！我曾经有那么多追求者！如今却为柴米油盐、鸡飞狗跳的琐事所缠绕，心里的不甘与无奈如细密的网般缠绕心间，温柔而坚韧，难以轻易剥离。

晚上八点，言获打来电话，依旧是满腔疲惫的热情："小飞，今晚我可能得干到十点，老板说这个项目很重要，得抓紧做完。你不用等我吃饭了。"我一声不吭地挂了电话，已经不知该和他说些什么。连续几个月，他有多少次能按时下班呢？我忽然想起梦里的那个他，他是谁呢？竟一时想不起来，只感觉梦里的他好温柔、好长情、好浪漫，像言获，但又不是言获。

一个月后，言获抱回他的项目成果——一个长得和言获一样帅气的机器人。他把机器人兴奋地展示在我面前："小飞，你也知道我平时工作忙，没什么时间陪你。所以我特别向公司申请研制了这样的机器人，他可以陪你做一切你想做的事，也可以陪你做一切你不想做的事。"他看着不敢相信的我，更激昂地问我："兴不兴奋？开不开心？你想要的不食人间烟火的爱情，我一手帮你创造出来了。"

后来的日子里，我每天和机器人相处。他果然如言获一般，连说话语气和微表情都如出一辙，甚至连皮肤上的小斑点都不放过。唯一与言获不同的是，他每天都有时间陪着我，时时刻刻、分分秒秒。我惊叹于言获的智慧，居然为了我发明出如此浪漫的事情。

但，他发明个机器人来陪我算什么？我不想和机器人生活！

我不禁又想起那个"不食人间烟火"的梦。我问机器人："言获，你爱我吗？"

"当然，不爱你的话我怎么可能会让你当我老婆呢。"

我笑了笑，搞科研的言获确实会这样说话。但我不甘心，又继续打探道："言获，我肚子饿了，你能把天上的云摘下来给我吃吗？"

"当然。"机器人不以为然。

我充满期待地看着他。他自信地走向厨房，折腾了一番后，端来一碗水蒸气不断往上冒的汤。机器人言获说："小飞，你想要的云朵来了。"

"这就是你的云朵？"我有点失望。

"在天上时它是云朵，在人间时就是水蒸气呀。"机器人露出真挚的表情。

看着这个熟悉而特有的表情，我一下子扑进他的怀里："你这个坏蛋，居然敢骗我！"

言获会心一笑："看来我演技不错，骗了你那么久还没被你发现。"他在我的额头上轻轻一吻："就是不知道我的机器人能不能瞒过我的老板……"

◀ 治怪老头

这个怪老头一定得治！非治不可！

小广场上，跳舞组的大妈们和象棋组的大爷们在经历了几次怪老头的严重骚扰后，都不约而同地组织起来商讨对策。

说起这个怪老头，还真是怪！起初刚出现在小区里时，他还挺客气，白衬衣、黑西裤穿得整整齐齐，见到人也会微笑打招呼。虽然手里的录音机音量开得大了点，但只要不影响到其他人，大家对他并无意见。

可是，这种情况持续了一个星期后，怪老头开始颠覆自己的形象。以往，他都是提着录音机在小区里转几圈，现在他不转了，专门锁定跳健身舞的大妈们和下象棋的大爷们。

那次，正是晚霞灿烂时，大妈们如往常一样在小广场上跳健身舞。正跳得起劲，怪老头不知从什么地方冒了出来，他突然就把大妈们正在放歌的录音机按下了"停止键"，那首《纤夫的爱》戛然而止。领舞的大妈首先向怪老头提出质问："你这是对我们有意见吗？"

怪老头笑嘻嘻地说："没有，没有意见，我只是想让你们换首歌。"

"我们为什么要换歌？我们的舞蹈配的就是这首歌……"领舞大妈瞪着眼。其他大妈们也纷纷表示不满，七嘴八舌地议论开了。

老头有点难为情，但仍然坚持道："我这里的歌是首新歌……"他指了指手里的录音机，"你们先听一听，保准你们喜欢！"这个回答让大妈们感到很意外，也很可笑。

"我们凭什么用你推荐的歌啊？你是不是有什么目的？"大妈们你一句我一句地围住了怪老头。怪老头在众人的包围下有点手足无措，他看着周围议论纷纷的脸，越看越着急。后来他索性使出一招狠招———屁股坐在了大妈们的录音机上，并且放出狠话来："如果你们不用我的音乐，打死我也不起来！"如此一来，矛盾就升级了。大妈们觉得说了半天，没用！干脆就动起手来，她们你一个我一个地拽着怪老头，好不容易把怪老头拽走了。

大妈们以为这以后就没事了。哪承想，怪老头第二天又出现了，而且斗志越来越昂扬。他先去和象棋组的大爷们较量，接着又跑来和跳舞组的大妈们对抗，目的就是一个，非得让他们听他推荐的音乐不可！

大家只好试着妥协一次，也想顺便看看他到底想干什么。于是，大伙就安静地听着怪老头录音机里传出来的歌声。这歌声说不上好听，也说不上难听，大家觉得很一般。听完了歌，怪老头终于满意地离开了。

大家松了口气，以为怪老头明天就不会再来打扰他们了。谁知，怪老头天天来！这下子事情就闹大了。对于需要安静下棋的大爷们和需要跳舞的大妈们来说，怪老头的要求实在是太过分了。

"治怪老头"的策略终于商讨完毕，大家决定文武兼施。

这天，怪老头来到象棋组面前，一如既往地把音乐放到最大音量。下棋的老孟忽然"嗖"地站起来，他怒气冲冲地警告怪老头离他们远一点。怪老头自然不听，仍我行我素。无奈的老孟就动用了"武力"，他一把将怪老头的录音机抢过来，狠狠地摔在了地上。只听"哐啷"一声，录音机被摔得支离破碎。

看着一地的碎片，怪老头居然哭了，两行热泪汩汩而出。坐在一旁的老许就站起来，实施"文攻"。他从德说到礼，引经据典，把一群象棋大爷说得啧啧点头，却把怪老头说烦了。怪老头捡起破烂的录音机，一扭身，甩出一句话："明天我还来！"象棋大爷们顿时傻了。

后来，跳舞组的大妈们就想，既然"文武"兼施都无效，那么就采取一个"缓兵之计"，暂且再多听一会怪老头的音乐，看看他有什么反应。象棋组的大爷们实在想不出更好的招儿，也只好点头默许。

怪老头放的音乐都是流行歌曲，却都不是原唱，歌声来自一个男歌手。歌手是谁大家也没心思去问，只管装出一副认真倾听的样子。他们一边听，一边故作扭摆。怪老头很满意，他笑得眼睛都弯了。

这招"缓兵之计"实施一个星期后，怪老头终于开口说话了。在此之前，他除了放音乐，一句话也不愿多说。当然，现在说话也不是对着大妈和大爷们说，他是对着视频电话里的儿子说："丁丁啊，你看看，现在广场上大家都在听你的歌呢……"怪老头把电话对大爷大妈们扫了一圈，然后又放回自己面前说："丁丁啊，我的儿啊，你北漂那么久，也该回来一趟了。你说要当一个知名的业余歌手，如今也实现了。你听，歌声都传到我们南方来了，一个星期了，大家都在听你的歌呢……"

　　大爷大妈们面面相觑，他们想说些什么，又不知说什么好。大伙听着怪老头几近哀求的声音，心里有点儿不是滋味。领舞的大妈按捺不住，直奔过去，把怪老头的电话抢过来说："丁丁，我是跳舞的徐大芳，你的歌真的很好听，我们都在用你的歌伴舞。回来吧，我们南方也有很大的市场呢……"

　　挂了电话，怪老头儿已泪眼模糊。他朝大爷大妈们深深地鞠了个躬："对不起，打扰了！"

◀ 阿伞和阿扇

阿伞说要来，阿扇坚决不让。阿伞便问："瘫了，就没脸见我？"阿扇不吱声。当阿伞再次说要来的时候，阿扇朝电话里吼道："你要来，我就死给你看。"

阿伞还是来了，阿扇没来得及死。

阿伞依然爱撑那把涂满小花的油纸伞，撑得袅袅娜娜，在城里转了一圈后，便敲响了阿扇的门。

阿扇已经不爱用扇子了，连电风扇也不爱开。阿伞来的时候，他正蜷在墙根里抽烟，抽得一屋子的烟味。

听到敲门声，阿扇极不情愿地拄起拐杖。门刚露出一条缝，阿伞那双凤眼便扫了进来。阿扇下意识地要扣回门，但阿伞手快，伞柄一塞，门被卡住了。

阿扇问："你就那么想我死？"

阿伞说："你死不死我不管，但你得把欠我的还上。"

阿扇又不吱声了。门阻在两人之间，像一道坎。这道坎僵了十几分钟后，阿扇终于妥协了。

阿伞穿着一身紫色兰花旗袍，身材前凸后翘。阿扇扫了她一眼，又黯然地缩回墙根里抽烟。烟刚伸到嘴边，就被阿伞抽了出来。阿扇瞅着她，她却不瞅阿扇，径直往窗口走去，一伸手，"嚓嚓"两声就把窗帘拉开了。阳光像久违的春风，把屋里的尘埃都唤醒了。阿扇揉了一把眼，心忽而变得暖暖的。

阿伞继而走到落地扇前，插上插头，按开关，电扇没转。再按一下，仍没转。阿伞这才把脸转向阿扇："咋不转了？"阿扇说："坏了。"阿伞不死心，在电扇上拍了几下，电扇"咔咔"几声，突而又"嘎嘎"地尖叫起来，扇叶碎了。

阿伞走到阿扇面前，凤眼瞪得老大，朱唇隐隐颤动，想说什么却又不说，索性依着阿扇旁坐下了。

十几年前的点点滴滴又从阿伞和阿扇的脑海里浮现了出来。

那时的阿伞水灵得仿佛一掐就是一把水。水一样的阿伞独爱俊朗的阿扇。

阿伞喜欢撑伞，阿扇喜欢摇扇。阿扇一摇扇，阿伞就会袅袅娜娜地撑着油纸伞走出来。

村里人都说阿伞是狐狸精，会勾引人。阿伞也不狡辩，她承认自己喜欢阿扇，她谁也不勾，就只勾阿扇。她喜欢他的俊朗，更喜欢他的才华。

阿扇要高考，成日关在屋子里看书。看不到阿扇出来摇扇子，阿伞憋得慌。

那个夜晚，月亮出奇地亮。阿伞在那样的夜晚敲开了阿扇的门。门开时，阿扇的魂还埋在书里。见了阿伞，他微微怔了一下。

阿伞轻轻唤一声："阿扇哥。"

阿扇问："啥事呢？"

阿伞便把头垂下了，小脸烧得红红的。

阿扇又说："伞妹，啥事呢？"

阿伞仍不说，突然把手里的东西往阿扇怀里一塞，然后转身跑了。

阿扇愣了好一会儿，打开盒子一看，是一台小型电风扇。

那个黑色的七月，阿扇没有摇过扇子，但心头却甜甜的。

阿扇进城读大学的前一个晚上，阿伞又敲开了阿扇的门。

阿伞又轻轻唤一声："阿扇哥。"

阿扇说："进来坐坐吧。"阿伞就走了进去。

屋子里行李已经备好了，电风扇在桌子上轻轻地转着。

阿伞问："风扇不带去吗？"

阿扇说："不带了，路远。"

阿伞就不说话了，鼻翼隐隐地动着，凤眼儿一会儿就湿润了。

阿扇看着阿伞，心头一动，把阿伞揽进怀里。阿伞嘤嘤地哭着，身子软软的，把阿扇都给融化了。阿扇用下巴在阿伞的额头上轻轻地蹭着，继而移到她的脸上、鼻尖、嘴唇，最后抵达阿伞的下巴。然后，他们接吻了。阿扇的吻把阿伞融化了。

阿扇说："电风扇你给我存好，等我回来。"

阿伞拼命地点头，一等就是十几年。

可是，阿扇没回来。阿扇留在城里了，而且还谈了恋爱，对象却不是阿伞。

阿伞抱着电风扇在河边哭，哭得泪如雨下。眼泪滑下来，滴滴答答地落在风扇上。阿伞喃喃地念着："阿扇，阿扇，阿扇……"

阿扇还是没有回来。

阿扇瘫了，一场车祸使他陷入了深渊。阿伞决定进城，阿扇不让，还朝电话里吼："你要来，我就死给你看。"

可是阿伞还是来了，袅袅娜娜地撑着油纸伞来了。

阿伞把头倚在阿扇的肩膀上，轻轻地唤一声："阿扇哥。"

阿扇的肩膀轻轻地颤动着。阿伞再唤："阿扇，阿扇，阿扇……"阿扇还是颤动着，不停地颤动。

阿伞把下巴放在阿扇的额头上轻轻地蹭着，继而移到他的脸上、鼻尖、嘴唇，最后抵达阿扇的下巴。然后，他们接吻了。阿伞的吻把阿扇融化了。

黄昏了，斜阳透进来，金灿灿的，为墙根上的阿伞和阿扇镀上了一层金纱。

阿伞把阿扇扶起来，坐在轮椅上，又抹了一把脸，然后走向落地扇。阿伞把风扇抬起来，往门外走去。

阿扇问："上哪？"

阿伞说："相信我，生活会转起来的。"

窗外，一轮红日正好落在远处的一棵木棉树上，然后掉进了阿扇那双泪蒙蒙的眼睛里。

◀ 灰姑娘的童年

在农村生活时，大家都叫我"黑妹"。因为我是家中唯一一个超生的女孩，他们说超生的孩子在农村是没有田地的，就像黑户一样，所以黑户就应该叫"黑妹"。

我七岁那年，正好赶上"农转非"政策，于是城里的父亲随即把母亲和我们三姐妹从农村迁到了城市。

城市对于我来说，像一座光怪陆离的城堡。在七岁之前，我一直以一种瞻仰的态度去幻想它。我想，那里面或许会有白雪公主般的女孩，也或许会有如巫婆一样的女妖。当然，我肯定的是，不管那里有什么，一定不会缺少长颈鹿、大象、斑马，还有五颜六色的霓虹灯。我兴奋于这次迁移，同时，我也为丢掉自己在农村长达七年的"黑妹"头衔而高兴。

然而，城里虽然没有人再叫我"黑妹"，但城里的同学给了我另一个头衔——"乡巴佬"。我的"乡巴佬"形象是怎样的呢？补丁裤、锅巴裙，还有两条"嘘唏"不停的长鼻涕。

城里的小学比农村要宽敞，桌椅也比农村的要干净许多。最不同的是，城里的女孩个个都如公主一般，她们有漂亮的公主裙、迷人的头花，还有耀眼的红皮鞋。

我记得有个叫谢卓卓的女孩，她是班里家境比较殷实的一个。她的裙子是全班女孩里最多、最漂亮的。她长着一双黑乎乎的眼睛，虽然皮肤不算白，但我还是把她当成了班里最耀眼的"白雪公主"。我在她的影子下生活与学习，当然，她对我这个"影子"也格外青睐，因为她喜欢一切可以让她感到自豪的东西，包括我。她可以指挥我背她上厕所，当她丫鬟，或许我的存在更能使她像公主吧。

"公主"说："乡巴佬，上厕所。"我就屁颠屁颠地跑过去。"公主"又说："乡巴佬，给我捶捶背。"我又屁颠屁颠地跑过去。现在看来，那时我岂止是"乡巴佬"，简直就是一个具有乡巴佬外形的小丑。

其实，我对背人家上厕所并无多大乐趣。那时我瘦小单薄，背她上一趟厕所或许得花掉一个面包的能量，但我没有反抗，反而尽可能地表现出一副乐此不疲、鞠躬尽瘁的态度。为什么？因为自卑！就像丑小鸭走进了天鹅群，就像灰姑娘在王子的舞池里突然失去了漂亮的公主裙那般滑稽。

除此之外，我的语文老师总是忙着上课，她似乎从来不关心我的"外号"。有一次，她听到几个同学叫我"乡巴佬"时，先是惊疑地看了一眼那些同学，然后又看了看我。我以为她会训斥他们几下，但她没有。她很快就又埋头批改作业，好像她有永远改不完的作业一样。然而，有一件事却让我彻底改变了对她的看法。

那是个阳光灿烂的午后，学校迎来了几个穿白大褂的医生。她们表情极其严肃，像神圣不可侵犯的女神。她们的眼睛似乎能折射出锋利的光芒，那光芒在一群小屁孩身上不断地穿越，使小屁孩们非常自觉地、安静地排成了长队。大家一个接一个地接受白大褂的检查。白大褂们先看看大家的耳朵，再翻翻眼皮、小手、肚皮……最后，白大褂还会要求小屁孩们脱下裤子，然后在他们的腿上捏来捏去。小屁孩们都很听话，因为他们裤子里都穿着可爱的内裤，他们脱得如此自在，一点也不觉得难为情。

而我，一直在后面瑟瑟发抖。因为我这个"乡巴佬"没有穿内裤！因为我的母亲说过，小小年纪穿什么内裤，费钱！所以我从来没穿过内裤！此时，全班45个同学都在这里，有女生，也有男生！我觉得很难为情。虽然我才七岁，但我仍然想逃，逃离队伍。可是不行，医生在前面，老师在后面，我无处可逃，我只能待命。队伍一点一点地往前移，移到我时，我的心狂跳不止。白大褂似乎看出了我的慌乱，她安慰我："怕什么，又不打针。"她哪里知道，我宁愿打针，我也不想脱裤子。于是我紧紧地拽着裤头，生怕裤子突然被白大褂扯下来。

这时，一向忙碌的语文老师朝我这边走了过来。她俯下身悄悄地和我说："柳叶儿，如果你有困难，一定要和老师说。"看着她真诚的眼睛，我终于鼓足了勇气，我凑到她耳边悄悄地说出了我的难堪。她没有嘲笑我，而是温柔地摸了摸我的头，然后和医生轻声说了几句。说的是什么，我没听到。总之，我逃过了这一劫！

从那以后，我觉得语文老师就是一束光，一束忙碌的光，她从这里照到那里，又从那里照到这里。总之，不管何时，她总能有照到我的时候，而我这朵小丑花，即使遇到黑暗也不再觉得那么可怕了。

七岁那年，我幻想着光怪陆离的城市；七岁以后，我又怀念那一处乡间田野。我在"黑妹"与"乡巴佬"的身份中度过了一段童年时光。还好，我不后悔。因为那一束光又帮了我一个大忙——我现在只叫柳叶儿。

◀ 窗 外

他一直觉得自己是个富有的人，有饭吃、有衣穿、有房住、有车开，还有漂亮的宛莲相陪，不久的将来，他还会有孩子。他满足了。

大概是知足者常乐吧，没有人见过他的愁容，他每天乐呵呵地上班，又乐呵呵地下班，不管是认不认识的，见了人就打招呼："嗨！你好！"

然而，事实上他的情况是这样的：他是一名有腿疾的男子，能走路，却不能正常走，走起来有一边的小腿会拐弯，往外拐一圈后才能往前迈一步。三十八岁的他似乎显得有些苍老，皮肤晒得黑黝黝的，眼角的皱纹有些深，头发有了几缕银丝。他的工作是一名车夫，他的车是一辆残疾专用三轮车，他的房子是祖上留下来的，一间只有十几平方米的小居室，很陈旧了，只有一扇窗，窗外是一处垃圾场。而他的宛莲确实很漂亮，却是一位盲人。

他的妻子叫吴宛莲，是朋友介绍认识的，她美如睡莲，令他心动不已。一周后，两人便结了婚，令朋友很惊讶。后来，朋友悄悄问他："之前给宛莲介绍过几个，条件都比你好，为什么就看上了你？"

他笑笑："缘分呗！"

说是这样说，他心里也有了疑问：是啊，为什么就偏偏看上了他呢？他问宛莲时，宛莲也不解释，只轻轻说了一句："感觉你好。"

早晨，垃圾场在进行作业，他会把窗户关起来，等外面的酸臭味都消散后才打开。下午四点钟，他会准时从外面回来，接上宛莲去兜风。他喜欢把路上见到的一景一物一事讲给宛莲听。那时，他的宛莲总是笑盈盈地听着，从不打断他。

日子过得宁静而幸福。

然而，两年后，不幸的事情还是发生了，他遇上了车祸，失掉了一条腿。这样一来，他的工作难度就加大了。宛莲忧心忡忡起来，坚决不让他再去当车夫了，宛莲说："要不我们找点手工活回家里来做吧。"他没有拒绝宛莲的建议，他向来都听宛莲的。

于是，他就到处打听哪里可以找到手工活，寻了几个月，终于寻到了一家愿意给他做的公司，他兴奋地领了材料回来，一心一意地做。结果做了三个月，产品不合格，一分钱拿不到手，还被扣了材料费。宛莲不得不又忧心忡忡起来，宛莲说："会不会是遇上了骗子？"他说："不会不会，人家是大单位，要求比较严格。"于是，他继续做，做到第六个月时，老板都被他感动了，给他发了工资，又额外多赏了他一个月的奖金。

他工作时，宛莲就坐在他旁边。那时，他们 17 寸的黑白电视已经坏了，又正值几个月没拿到工资的困难时期，他没有再买新的，他告诉宛莲，电视机有点小故障，发不出声音了，但有字幕，他可以根据屏幕内容把电视里的故事讲给她听。宛莲信以为真，笑盈盈地点头说："好。"

他一边工作，一边给宛莲讲故事。他们的面前就是那一扇窗口，窗外有垃圾场，有零星的行人和车辆，远处还有一处荒地，荒地里有人在种植青菜。

他仿佛觉得那扇窗口就是一台电视机，而且还是彩色电视机，他看到什么就说什么，然后把自己想到的故事穿插进去，他的故事真多，并且说得有滋有味。宛莲听得常常入了迷，不时还会因故事里的情节而或喜或悲，或怒或乐。

说到《窗外》这个故事时，他的窗外正在上演一出"悲剧"，远处荒地上的那一片菜园正被政府部门进行强制铲除，那几位天天来种植的老太太围在旁边不停地哀求，却一点用也没有，毕竟是公家的地，怎么能随意让你用。

这本该是一个令人无奈的画面，而他那部《窗外》的故事却是这样的：远处，是一片绿茵茵的菜园和一幢小小的木头房子。那是恩莱的杰作，亦是他的家。恩莱只有一只手，他用一只手就把那片荒地变成了自己的家。此刻，失散多年的父亲找来了，但恩莱并不知道眼前这个人是他的父亲，岁月已经把这位父亲的面容磨炼成了另一张脸。恩莱以为父亲仅仅是一个需要帮忙的人，他便热情地迎上去，他说："你好，需要帮忙吗？"父亲笑了笑，说："我需要一个儿子，能帮我吗？"恩莱微微地怔了一下，而后真诚地说："我需要一个父亲，如果您愿意，我可以当您的儿子吗……"

窗外，终于平静了下来。而窗内，他和她的故事仍然继续着。

◀ 风骚人物

　　母亲说起奶奶的时候，恨不得要用牙齿把奶奶一点点地咬碎和撕毁。这种咬牙切齿的状态使我一直认为米镇上的奶奶是可以被吃掉的，就像白骨精眼里的唐僧肉一样，炖着，烧着，煨着，焖着，什么样的做法，都能做出一盘美味佳肴来。

　　奶奶仅有父亲一个儿子，对于那个没有计划生育的年代来说，这唯一的儿子应该算得上是奶奶的命。可我不明白奶奶为什么不珍惜这个命根子，非得把父亲赶出家门，做了卢家的上门女婿。或许应了母亲的话："因为奶奶风骚吧。"

　　奶奶说要带我回米镇过寒假，我很高兴。八岁的我自出生以来，第一次回奶奶家。

　　爷爷的遗像就挂在奶奶家的大厅上，爷爷的眉毛弯弯的，嘴角上挂着淡淡的笑。

　　据妈妈说，爷爷的死和奶奶有关，也和另一个男人有关。到底是什么关系，我不得而知。

奶奶一边把鸡鸭鱼肉摆在灵台上，一边念叨："你爷爷年轻时长得可好看了，不但好看，还能干，家里家外都是他忙活，我基本上不用操什么心，天天坐在门口嗑瓜子，呵呵……"奶奶自顾自地笑起来，她斟了酒，倒了茶，回头看看我，又向我招招手道："小渔，来，给你爷爷叩个头，让他保佑你身体健康，学习进步。"

米镇的风很有性格，它时而对你温柔一刀，时而又对你横眉怒目。这样的风把米镇人也影响了。比如对门的六婶，她天生一副诡异相，见着奶奶就一副笑脸，而见着我时，那眉毛和眼睛就又离得遥远异常，冷不丁还会挤出一句话："瞧你个小骚货！"还有那个阿牛，见着我奶奶时缩头缩脑的，一见到我，就又昂首阔步，冷嘲热讽地说："来，荣哥，我给你洗个澡。"

对于这一切，奶奶终究是知道的，奶奶毕竟也是米镇人，当然也秉承了米镇的风的性格。当她横眉怒目地走进六婶家时，我终于知道我亲爱的奶奶是多么的"独领风骚"了。奶奶叉着腰怒视着六婶，只用一双眼睛就把六婶逼进了墙角里。六婶说："阿兰，有话好好说。"奶奶二话不说，两手一抬就朝六婶胸脯抓去。只听六婶尖叫一声，两手掐住奶奶的脖子骂："你个骚货，做了见不得人的事还如此嚣张。"奶奶被六婶掐得满脸紫色，她使劲儿一吐，朝六婶脸上飞出一口唾沫，六婶两手一松，又是一阵尖叫。奶奶逼视着六婶，声音平静而霸气："谁骚？到底谁骚？我告诉你，以后再敢欺负我家小渔，我让你吃不了兜着走。"说罢，一扭一摆地优雅而去。六婶一张扭曲的脸在她背后喊："骚货，贱货……"尽管六婶骂得惊天动地，但奶奶那会儿却一点也不怒了，完全一副温柔一刀的神态。

那个晚上，米镇的风异常寒冷。奶奶一手拉着我，一手打着电筒，电筒把黑夜打开了一扇门，我们沿着这扇门一直往前走，把黑夜走得嚓嚓响。奶奶对我说："小渔，今天是十五，每月逢十五，荣爷爷就要洗一次澡。"我的脑袋顿时就傻了，脚步随之停止。

奶奶仿佛看出了什么，说："小渔，你在想什么呢。你知道你荣爷爷是谁吗？是你爷爷的战友，那会儿，还在打日本鬼子的时候，你荣爷爷为了救你爷爷，被敌人炸掉了两条胳膊。荣爷爷没有胳膊，没办法洗澡，我能不帮他洗吗？"说着，一把将我拉上："走！"

终于到了荣爷爷家。

荣爷爷两只眼睛水汪汪的，奶奶说荣爷爷的眼睛已经不听使唤了，开过两次刀，现在看什么都是糊糊的。奶奶说这些的时候，还顺带把我的外貌向荣爷爷描述了一遍。荣爷爷听着听着就笑了，荣爷爷笑起来就像黑夜里的一把镰刀。

奶奶要帮荣爷爷脱衣服，荣爷爷说："今天就不洗了，别把小渔吓到了。"奶奶铿锵道："逢十五洗澡，铁打的事，谁也拦不了。"

奶奶终于把荣爷爷脱得只剩下了一条内裤，她把荣爷爷带到露天的大院里，大院里搁着一个大木桶，足有一米多高，两米多宽。荣爷爷泡在木桶里，水淹过了他的胸膛。奶奶说："小渔，看好了，我要给荣爷爷洗澡了。"奶奶说着，开始解自己的衣服，奶奶一件一件地把衣服脱下来，奶奶脱衣服的动作娴熟而优美，她一边脱一边接着说："你爷爷好几个晚上都来唤我过去了，我日子不长了，如果奶奶不在了，就没有人给荣爷爷洗澡了，这是你爷爷生前给我定下的唯一任务啊……"奶奶终于停下了脱衣服的手，只剩下灰色的短袖衫和黑色的短裤套在身上。月光下，奶奶的身体美得像一朵残荷，让人无比震撼。

奶奶专注地调配着水温，双手轻轻地将水泼洒在荣爷爷的身上，每一滴水珠都仿佛在诉说着岁月的故事。随后，奶奶给荣爷爷搓澡，从荣爷爷的后背自上而下地搓，再自上而下地搓，来回地搓了几个回合后，奶奶握起拳头开始捶，细雨般地捶，中雨般地捶，大雨般地捶，最后变成暴雨般地捶。荣爷爷的后背像一面韧实的鼓，这面鼓被奶奶捶得精神焕发、气淡神怡。

奶奶为荣爷爷洗了大半辈子的澡，终于把自己也洗成了个"风骚人物"。

◀ 跪儿子，跪爸爸

傍晚时分，汽车驶进了森林市的大道上。

钟校长望着车外，感叹道："一年不同一年，城市变化真快啊。"他虽面带微笑，但脸色苍白，看上去十分疲惫。

一涣低着头，一只手紧紧地揪着衣角。钟校长收回眼神，用手轻轻抚抚一涣的头，说："娃子，俺的儿子们在森林市做生意，读书的事甭担心。"

一涣点点头"嗯"了一声。听爸爸说，钟校长有很多儿子，都很有钱，看来这是真的。一涣心里想着。

晚霞染红了天空，像一面飘扬着的旗帜。钟校长努力挤出一丝笑容："看这天空，多美呀。"一涣终于抬起头，看向了天空。

坐在前面的冬美和秀秀轻声交谈了几句，钟校长便"呵呵"笑起来："到了俺儿子家时，大家别紧张，叫一声叔叔好就行。"

三个娃子"嗯嗯"地应着。

车子最终把他们送到了钟校长的大儿子家。

一涣的手又不由自主地揪紧了衣角，他瞄了一眼钟校长，只见他满脸的皱纹像一张密实的网，而神色间更添了几分疲惫。

"哟，是爸爸呀！"钟校长的大儿子满脸笑容地把他们请了进去。

"叔叔好。"三个娃子立即叫道。

"好，大家好。"

走进房子前，钟校长脱掉了沾满灰尘的鞋子，三个娃子也赶紧跟着脱。一涣这才注意到，房子里木地板和墙壁干净得能闪出光芒。

钟校长勉强打起精神问道："应强，今年生意怎么样啊？"

"还好，还好。"大儿子应着。

房子里有楼梯，楼梯盘旋而上，通往另一座更加豪华的房子。冬美和秀秀看到后，相互看了一眼，一涣看了看，又低下了头。

"应强，你看看这几个娃子的家庭情况，你选一个。"钟校长从包里拿出一份资料，递给应强，声音略显沙哑。

应强简单地看了看，笑着说："就这个吧。"

"是冬美呀，好，好，好……"钟校长笑着点头，但笑容中透露出一丝不易察觉的痛苦。应强担忧地皱起眉头："爸爸，你是不是身体不舒服呀，脸色有点难看。"

"不碍事，不碍事，老毛病了。"钟校长摆摆手。

"我陪你去医院……"应强话没说完，钟校长怒道："都说老毛病了，不碍事！"应强住了嘴，无奈地点了点头。

谈了几分钟，钟校长就让三个娃子在门外等。

刚关上门，钟校长突然"咚"的一声跪下来，声音略微发颤："应强啊，往后我让师娘把孩子送来，只要你能承担的，还麻烦你继续为孩子们……"

"必须的，爸爸，别说这种话……"应强不等钟校长把话说完，就赶紧把钟校长扶了起来，他注意到眼前这个亲如爸爸的校长身体状况似乎比想象中更差。

夜幕降临，森林市的灯火交相辉映，神秘而热烈。但钟校长的脸色却在这璀璨灯火下显得格外黯淡。

钟校长一手拉着一涣，一手拉着冬美和秀秀，说："我的另外两个儿子住在江南区，坐一趟公交车就到了。"他的声音虽然尽力保持平稳，但不难听出其中的虚弱。

冬美略显兴奋地问："钟校长，你的大儿子愿意供我读书了？"

钟校长一脸得意地说："那当然。"

"太好了，这样，我就不用去广东打工了。"冬美朝秀秀笑了笑："我们真是太幸运了，是不是？"秀秀点了点头。

接着，他们分别到了钟校长的二儿子和三儿子家。每次离开前，钟校长也总是把三个娃子叫到门外等候，这令心思细密的一涣有些费解。待到钟校长请他们吃咖喱排骨饭时，他忍不住问了一句："钟校长，为什么每次都让我们在门外等一下呢？"

钟校长笑了笑，说："你和爸爸有过秘密吗？"

一涣想了想，说："有。"

"所以，父子的秘密当然不能告诉别人是不是？"

"嗯……"一涣略有所思地应着。

钟校长催促道："吃吧，养好身体了，林河县高中往后还得看你们呢。"他边说边把一口饭往嘴里塞，又艰难地说："我那些儿子也都是从林河县高中走出来的，他们以前和你们一样，没钱读书。就说应强吧，当年来校时，连张像样的被子都没有呢。不过，你们瞧，现在他们都有出息了，还能一个帮一个，多好呀。我争取让林河县的娃都能上高中！"

　　一涣扒着饭，不住地点头，但他也注意到钟校长用餐时的艰难，心里隐隐有些担忧。

　　一个月后，开学了。一涣为钟校长捎上了家里最好的土豆。然而，刚踏进校门，他就被眼前的情景吓住了。只见校园里，学生们都齐刷刷地跪在地上，前方的两根石柱上悬挂着一条横幅，上面写着：钟爸爸，一路走好！再往下看去，一张黑白照片立在中央，不是别人，竟是钟校长！

　　一涣心里一紧，往前冲去，他忽然想起了钟校长的秘密和那些日子里他身体的不适，他狂叫起来："钟校长，你不要走，我还有话要和你说，钟校长……"

　　一个学生拉住他，说："让爸爸安息吧，他太累了，别吵着他了。"

　　一涣停止了哭喊，他"咚"的一声跪了下去，喃喃地说："钟校长，我现在终于知道你为什么有那么多儿子了。"

一束光的力量

◀ 果果的青春

二十二岁的果果说："我的青春是不朽的。"

果果说这话时，我正用一双疲惫的眼睛看着他，我多么希望他快点停止讲述。可是，果果依旧没有停下来的意思。他滔滔不绝地继续着："青春是什么？青春就是用一颗热情洋溢的心去呵护它，像阳光一样，温暖、明媚、持久……"

过了许久，我终于打断了他的话，我说："果果，你太天真了，时间不早了，我们回去吧。"

彼时，夜空辽阔，皓月当空，大地上影影绰绰。

在这样的夜色里，果果有些醉了，或许是因为他心中的单恋对象即将远赴巴黎。是的，仅仅是单恋，但在果果心里，单恋也是一段已经开始的恋爱。他说过："什么叫恋爱？恋爱就是一种爱的感觉，不管是单方面的还是双方的，只要这份爱的感觉能时刻牵引着你，那么你就恋爱了。"

蒙语嫣就是他的单恋对象，这个长得如猫一般的女子，有着一双迷离的眼睛，她总是喜欢懒懒地趴在窗台前凝思，或者单手支着下巴，漫不经心地嚼口香糖。

果果告诉我，他爱上她，就是因为她那一份散淡的姿态。他想，蒙语嫣一定是从猫界里诞生出来的精灵，否则，他不会如此痴迷于她。果果喜欢精灵般的女子，其实，大多数男子都喜欢这样的女子，包括我。但是没有人能像果果这样坦诚。

他爱她，爱到了骨子里，明知她不爱他，他依旧执着地单恋着她，给她送巧克力，给她写情诗，甚至彻夜为她吟唱。蒙语嫣烦透了他，骂他："神经病、痴人说梦、怪咖……"果果却用笑脸回应她的怒骂，最后总会来一句："蒙语嫣，我爱你。"

直至大学毕业后，蒙语嫣去了巴黎，果果因此沉醉，醉得天真无邪。这位具有诗人气质的男子在醉意朦胧前告诉我，他的青春是不朽的。

令我没有想到的是，那竟是我和果果的最后一次见面。

毕业后，我进入了一家外资企业，为生活忙得不可开交，谈了几场恋爱，终是无果。或许是人与人之间的交往过于浮躁，过于现实，所以每一场恋爱都谈得无法称心，不是她嫌弃我，便是我挑剔她。于是，我只好在工作与恋爱之间交替，身心也变得疲惫起来。即便在街头与大学的初恋女友相遇，那一份曾经的青春情怀也已经消失得无影无踪了。我不得不明白了一个道理：爱情并非长久之物，就像青春一样，转瞬即逝。

三年后，在母亲的催促下，我草草地结了婚，生了子，过上了安逸的生活。

期间，果果偶尔还会给我发来一些短信，依旧是他写给蒙语嫣的情诗，并附上了一两句简短的说明。诸如：这首诗发表在《诗刊》上了，那首诗刊登在《星星》里了，还有这首，上个月出现在了《草原》杂志上。

果果成为一名诗人，一名十分穷困潦倒的诗人。他一直未婚，他一直在等待一个叫蒙语嫣的女子，他说："她的青春也是不朽的，因我而不朽。"

或许吧！只是或许。因为我一直把诗人的话当成一首不现实的诗。

在一个依旧是夜空辽阔、皓月当空的夜晚，我和妻子刚刚结束了一场激烈的争吵，她把客厅里的电视机砸向了地板，而后，我愤怒地摔门而出。

游荡在夜色里，我变成了一具没有情感的躯壳，仅仅三年的婚姻已经让我们疲惫不堪。我想，我们总有一天也会像许多家庭一样，以离婚收场。岁月确实是一把杀猪刀，它夺走了我们的青春，夺走了我们的爱情，亦夺走了我们对婚姻的憧憬。

然而，岁月却对果果无可奈何。在夜色里，我收到了果果的两条短信，他说："米小江，我看到蒙语嫣了，真的看到了。"我回他："真的吗？在哪里？"他说："在江边的河堤上。"岁月已经把我磨炼得过于现实，我依旧不相信他的话，我说："果果，你没喝醉吧？"他没有再回复过来。我打电话过去，他也未接。这令当时的我无比惆怅。

后来，一夜的惆怅瞬间变为了震惊。因为果果死了，为营救一位跳江女子而丧生。在第二天早晨的《南国早报》上，果果的名字像一把利箭般穿透了我的心房。细看报纸上被救起的那位跳江女子，我因此有了想哭的冲动，那名女子不是蒙语嫣，亦不像蒙语嫣，那分明是一个与蒙语嫣毫不相干的女子啊。

在果果的葬礼上，我收到了他生前留下的最后一首诗。

有的青春，看似青春。

有的青春，就是青春。

而我的青春，

超越了时间和空间。

里面不仅住有爱情，

还有人生。

我愿意，用我的生命，

去换取另一个生命的延续。

这该死的青春啊……

不知怎么的，即使我不太理解这首诗的含义，但泪水还是模糊了我的双眼。我终于明白，果果的青春确实是不朽的。

◀ 生命的绿洲

　　我的车子在阿拉善沙漠里颠簸，已经是第三天了。一望无际的沙漠仍旧延展着，据说，当年北京的沙尘暴就是从这里卷起的。这鬼地方真是害人不浅，干冽的风在我的皮肤上割出了道道皱纹，狂躁的沙尘袭击着我的车窗、车门，然后无孔不入地钻进车厢内侵袭我的身体。

　　夕阳无限好，为整个世界披上了一层金黄的纱幔。我独自面对那片金黄的沙地和那即将落下的太阳，拼命地加大油门，想把车轮在沙地上碾出的痕迹抛得远远的，可是无用，无论多远，它都像影子一样跟着我，让我无法走出这片死海。

　　我恨透了叶洛，是他把我害成这样的！不是说好的吗，他会爱我一辈子，可是才不过五年，就厌倦了，曾经的一切甜言蜜语都是假的！要不是他的劈腿，我绝不会赌气跑来这片人烟稀少的绝境。

　　当太阳只剩下最后一道眉边时，我连最后的那股恨意都消失了。我不断地催促自己赶快往前走，必须在天黑之前找到一处绿洲，否则我很快就会被渴死，不被渴死也会被饿死，甚至被吓死。傍晚的沙尘因为落日的沉沦变得更加肆无忌惮，我几乎看不到前方的路，只知道一味地向前开去。在这里不必担心会压到人，没有交通拥堵的焦虑，却时刻面临着生死一瞬间的可能。在我心急如焚的时刻，车子开始和我作对，"嘎"的一声停了下来——没油了。

一股强烈的冷风仿佛从我的脊梁骨里抽出来，虽然此刻正值夏季，但我只感觉到冷。这种冷压迫着我，让我的头发都竖了起来，凌乱地挂在我的头上。我顾不了那么多了，从车上跳下来，沿着车轮的痕迹继续走去。我觉得自己就要变成一具尸体了，但求生的欲望让我壮着胆子继续前行。我用最后的力气又想了想叶洛，我对自己说，如果能爬出这片死海，一定要去狠狠地揍他一顿，然后告诉他，我其实早就不爱他了，他不过是我的玩偶罢了。但是，这种机会没有了，因为我越来越渴，越来越累，越来越饿。就这样，我忽然眼前一黑，就失去了知觉。

醒来的时候，我看到一个男人的脸，满脸胡子，干瘪的皮肤透出黝黑的健康。我用手掐了一下自己的大腿，感觉一阵疼痛，我说："我没死吧？"

男人生硬地说："没死，是我把你救过来的。"

我淡然地说："谢谢。"

"不用谢。"他用一双诡异的眼睛看着我。

四周很静，当然这种静是绝对的。我仍然听得到房子外面沙尘飞扬的声音，带着阵阵杀气在狂吼。我环视了一圈这个简陋的房子："我这是在哪？"我希望他的回答可以让我看到一丝希望。

他移开了视线，向窗外看去："在阿拉善的沙漠里。"

我又是一阵沉默。

他转过头来："起来吧，去看看我的成果。"说着，他拉上我的手。那是一只粗糙的手，粗得可以拿来当搓衣板。这是除了我爸爸外的第二个男人这么亲近地拉着我的手，我竟然没有拒绝的意思，随着他的手走出那扇石门。我想，我向来不是个轻浮的女人，为什么这会儿竟如此轻浮了？一定不仅仅因为他是那个把我从鬼门关里救回来的人，更因为他给我一种踏实而安宁的感觉，而这种感觉恰是叶洛所没有的。

眼前是一片绿色，当然没有我家门前那片草地那么绿，但我还是被感动了，被那一片种植于沙漠里的绿色植物所感动。

他说那叫"苦豆子"，一种根植于沙漠里的植物。他花了十年的功夫把它们养活了，现在是一片，他希望以后可以发展成两片、三片、四片……

我看着他，不禁感叹："这是生命的绿洲。"

他没有看我，淡然道："钱学森的产业理论告诉我，占着全世界 25% 的沙地里蕴藏着黄金。这种黄金得多利用光和热、少利用水来创造出来。我就是沿着他的理论种出这一片绿洲的，当然也花掉了我毕生的精力和金钱。"

他伸出手，接住远处的太阳，一副无比虔诚的样子。

这双手，皮肤厚实而坚硬，布满了深浅不一的裂痕和茧子，就像是沙漠中历经沧桑的岩石，记录着无数次与烈日、沙尘的较量。指关节因长年累月的劳作而显得异常粗大，每一次弯曲都似乎在诉说着不屈与坚持。他的手掌，布满了细小的沙粒和泥土的痕迹，那是他与大地最亲密的接触。即使经过无数次的清洗，那些深入皮肤纹理的污渍也似乎永远无法完全褪去，它们成为他身份的一部分，见证着他在沙漠中的辛勤耕耘。

"一个五六口人的家庭，只有一条裤子穿的困境，你见过吗？"他说。

我摇摇头。

"我见过，就在这个鸟儿都不愿停留的地方。唉！太穷了，穷得我都不忍心看下去。我希望这片绿洲可以带动这里富起来。"他看向我，"是不是觉得我很狂妄。"

"不，你很勇敢。"我也看向他。

他笑了笑："很久没人说话了，一不小心遇到一个女人，恨不得把憋了十年的话都吐出来。"

我也笑了，但心里满是酸楚，为自己，更为他。

我不得不承认，此时此刻，他的出现就是我的一片绿洲，一片没有甜言蜜语的，充满希望的绿洲。

◀ 阿丁卖口罩

这几年经济不景气，许多人被迫下岗，不得不另谋出路。从线上到线下，从店内到店外，从人行道到马路上，大家似乎一致认为，把生意摆在离人流最近的地方最容易赚钱。

或许，"酒香不怕巷子深"这样的老话在如今已经不吃香了。

于是，在金沙桥上，一派热闹得令人拥堵的景象令人欢喜令人忧。欢喜的是那些不用交租金又盘得一处赚钱之地的小商贩；忧愁的是那些忙着回家、上班或是出行的过路人。要知道，这座金沙桥可是贯穿清宁市南北的主要干道，每天车流如水，川流不息。而如今却变得人头攒动，熙熙攘攘。

大清早，在桥南一侧的马路上，卖早餐的队伍就排列开来，排成紧密的"一"字形。碰到没有城管的日子，他们春风得意，脸上洋溢着笑容；碰到城管时，他们又像街上的老鼠，四处乱窜。被城管连人带货一起抓住的时候，他们的表现五花八门：满地乱滚、骂娘砸锅、哀声连连，甚至还有解开衣扣喊"非礼"的婆娘。

这天，一个新的小商贩阿丁出现在这群队伍里。阿丁不卖早餐，卖口罩。这口罩不是普通的医用口罩，而是印有各种图案的炫酷口罩，一戴上格外醒目。阿丁为了让别人注意到他在卖口罩，还专门用一根长竹竿高高地挂着一个口罩——那是个黑色的口罩，上面印着"不要脸"几个白色大字。

阿丁一大早就在这里卖口罩，不得不让人感到有些奇怪。毕竟这个时间点大家都急着上班，除了急着买份早餐外，没人想到要去买口罩。但是，后来大家发现阿丁的生意对象并不是那些行色匆匆的过客，而是那些卖早餐的小商贩。大家就又觉得合乎常理了，毕竟卖早餐的不戴口罩确实也不太合适，做食品的还是要讲点卫生常识的嘛。

阿丁看上去只有二十来岁，一副怯懦的样子。他鼓足勇气把口罩递给小商贩时，脸憋得通红。好在第一个买口罩的小商贩戴上口罩后生意变好了。不然，其他小商贩后来也不会争先恐后地买走他的口罩。很快，金沙桥上的"炫酷口罩早餐行"闪亮登场，引得路人纷纷侧目。

然而，交通更拥堵了。

各色车辆在桥头上演"长龙漫步"的剧情。金沙桥本来就不宽敞，当这些大车小车把桥面都堵满后，那些骑电车的、踩单车的、骑摩托的，乃至于行人都被逼到了桥檐边上，大家小心翼翼地移动着轮子和脚步。在被停滞的期间里，大家的忧虑逐渐升级为愤怒。

第一个发火的是一个开着货车的司机，他满脸疲倦地吼道：

"你们这些卖早餐的，为什么要把摊位摆到马路上！"然而，卖早餐的没有一个人理他。他只能喋喋不休地继续骂着，但也只能骂骂而已，难不成他还能下去暴打他们一顿吗？

第二个发火的是一个开着奔驰的大姐，她戴着个大墨镜，墨镜挡住了她眼中的不快。只听她怨恨地指责旁边那些卖早餐的人："你们太自私了！为了自己赚钱不顾别人的通行！"几个买早餐的听到了，扭头看了她一眼，似乎觉得她说得有点儿道理，便放下了手里的早餐说："我们不买了。"卖早餐的觉得这个奔驰大姐影响了他们的生意，狠狠地朝她瞪了一眼。奔驰大姐嘴角一扬："活该！"

这时，从一辆本田车里跳下一个男人，那是一个长得有型有款的男人，脖子上挂着一条金闪闪的项链，条纹衬衣和黑色西裤被江风吹得飘摇不定，一双锃亮的黑皮鞋与清晨的阳光交相辉映。这个男人从停滞的车流里快速地穿越。所有的人都以为他会去买早餐，但是他停在了阿丁旁边。

男人说："我要那个口罩。"他指了指竹竿上的那个印有"不要脸"的黑色口罩。阿丁迅速放下竹竿把口罩递给他，脸上藏着几分期待。男人不满地斜了他一眼："做生意的什么都想要，就是不想要脸！"说着，他戴着口罩朝那一行"早餐行"一站，豪气地骂道："你们要脸吗？你们就是不要脸的人！我今天就站这里了，让大家都来骂骂你们，看你们有多不要脸！"

这一站果然有了效果，大家纷纷指着这些不讲公德心的小商贩开骂："不要脸！不要脸！不要脸！不要脸！"直把那些人骂得往后退，终于退出了马路上，把路还给了车和行人。

车流终于得以通行。

阿丁走向还戴着"不要脸"口罩的男人，他释怀地说："连城管都管不了这些卖早餐的，还是你厉害！"

男人瞪着他："你和他们有什么区别？"

阿丁低下了头，他似乎在隐忍着什么："我也想像你这样，但我没有勇气。"男人不解地看了看他，摘下口罩走向了自己的车。

阿丁苦笑了一番，看着男人离去的背影，又看向桥头那边隐隐约约的桃源医院，他无奈地吸了口气。他从口袋里掏出钱包，打开，里面放着一张他父亲的照片，他默默地看了许久，直到两眼泪花闪烁。终于，他咬了咬嘴唇，挤出一句话来："爸，如果当时这里不堵车，你一定能抢救过来的，都怪那些卖早餐的！"

◆ 赎　罪

影星程淑曼即将来到周庄古镇拍戏，她需要在当地挑选一间专营"三味圆"的铺面作为拍摄场景，并邀请铺面老板客串一小段戏份。

这个消息让周庄的"三味圆"老板们欣喜若狂，若是自己的铺面被程淑曼选中，无疑是为自己的生意做了一次极具影响力的广告。因此，在程淑曼到来之前，各家老板都忙着装修铺面。

仅仅一个月的时间，周庄便涌现出各种风格的"三味圆"铺面，形成了一道独特的景观。

两个月后，程淑曼随着剧组来到了周庄。她身穿一身水蓝色古装戏服，两缕青丝垂于肩前，髻鬟上插着一根镂空金簪，唇若丹砂，眉如柳叶，双眸宛如清波流转，站在小桥流水的古镇前，显得格外美丽。

程淑曼的到来让周庄变得热闹起来，众人随着剧组在周庄的大街小巷游走，看着装修得各具特色的"三味圆"铺面，纷纷赞叹不已，就连赵导也忍不住停下脚步频频拍照。然而，程淑曼却如同走马观花一般，对这些"三味圆"铺面并未表现出太多兴趣。

当一行人走入一条巷子深处时，一间古朴得近乎破旧的小铺面映入眼帘。铺内只有一桌一椅，透露出岁月的痕迹。店里冷冷清清，没有一个顾客。老板是一个又黑又瘦的小老头儿，正坐在柜台前看报纸。听到动静，他抬头望来，一时间愣住了。

看着这一大队人马，小老头儿的第一个反应就是：出事了。

而此刻的程淑曼看着眼前这一瓦一木，早已是热泪盈眶。她微微动着嘴唇，似乎有千言万语要说。

小老头儿战战兢兢地站起来，两手作揖道："先生小姐们，我沈祥子要是有得罪大家的地方，还请大家高抬贵手。"

程淑曼一脸激动地回应道："祥伯，我们只是想借用您的地方拍段戏。"

站在旁边的赵导实在看不下去了，他把程淑曼拉到一边劝说："淑曼，选哪里都比这里强啊。"

哪知程淑曼态度坚决地说："赵导，如果反悔，我就退出。"

这部剧本本就是借着程淑曼的名气来提升影响力，如果程淑曼不参演，效果肯定会大打折扣。赵导无奈，只好点头答应："君子一言，驷马难追。说过让你选地点选人，就定这里吧。"

周围早已议论纷纷。沈祥子的名声早在三十多年前被一桩丑闻传得臭名昭著，而程淑曼偏偏选中了他的铺面，实在让人无法理解。

据说，三十多年前，沈祥子在妻女回娘家之际收留了一个女乞丐，并趁机与她发生了关系。事情发生的那个夜晚，正好被邻居袁三通撞见。而后事情一传十、十传百，把整个周庄都闹得沸沸扬扬。沈祥子的妻子一气之下带着女儿远走高飞。沈祥子因此落得个臭名昭著的名声，原本红火的生意也变得萧条惨淡。

此刻，程淑曼对周围的议论显得淡然自若。她挥挥手朝众人说："感谢各位对淑曼的支持，拍戏结束后，我会给大家做出解释。"众人顿时安静下来。然而沈祥子却一万个不同意："自己没脸上电视，不想因为一颗老鼠屎搅坏了一锅汤。"看沈祥子不同意，程淑曼索性跪在地上说："祥伯要是不答应，我淑曼今天就不起来了。"

沈祥子慌乱又无奈，只得答应下来。

戏份不长，主要是讲扮演婉清的程淑曼抱着半岁大的女儿从一群官兵的追捕中潜入沈祥子的铺面。沈祥子为了掩护母女俩，机智地与官兵们周旋，并用自家烹制的"三味圆"款待他们，打消了他们的疑心。

由于沈祥子不入戏，重拍了好几个回合才把戏拍下来。

众人早就等不及了，只待戏一结束就等着听程淑曼的解释。

程淑曼自然不会食言。她拉着沈祥子的手走在众人中间，忽然哽咽道："我之所以选在这里拍戏，完全是为了赎罪啊。"

原来三十多年前的那个女乞丐不是别人，正是程淑曼的母亲。

众人一片哗然。

程淑曼是一名私生女。当年她的母亲为了躲避众人的歧视，不顾家人反对偷偷地抱着半岁大的程淑曼从广东跑出来。流落到周庄时已是身无分文，她只得一家一户地乞讨。讨至沈祥子家时已是夜晚十点来钟，又值大风大雨之际。沈祥子看她们可怜便留宿了她们。三更时分，程淑曼的母亲想到没钱的日子太难熬了，便生出一计。她趁沈祥子熟睡之际悄悄爬上了他的床，计划着待他醒来后以此来敲诈他一笔钱。

天蒙蒙亮时，沈祥子才发现身旁睡着程淑曼的母亲，他一时慌了神不知如何是好。而程淑曼的母亲则慢慢坐起来刚想编造昨晚的事再提钱的事。这时从床下突然窜出个袁三通。

原来袁三通是周庄的赌鬼，每每输个精光总要做些小偷小摸的事。当晚他悄悄潜入沈祥子家本只想偷些银两，谁知却目睹了一切。袁三通借此把柄威胁沈祥子每月定期给他交保密费，如不交便把事情传出去。沈祥子做人向来光明磊落自然不从，这惹恼了袁三通这个无赖。

袁三通把事情在周庄传得沸沸扬扬，而且越传越离谱。沈祥子也不解释，面对妻子的质问，他只说了一句话："你信你丈夫还是信那无赖？"没想到妻子两眼一瞪说："没有源头哪来的谣言？"

程淑曼把实情说出来后，众人又是一片哗然。

程淑曼转身向沈祥子深深地鞠了一个躬说："祥伯，我来晚了！"

沈祥子哪里还说得出一句话，早已是泪眼蒙眬，未语泪先流了。

◀ 谁是谁的彩虹

"轰隆"一声，万物苏醒了，包括一脸疲惫的丁以南。

丁以南从床上爬起来，他忘了今天是星期几，忘了今天有什么课，忘了饭堂里蜜汁叉烧的味道，也忘了今天自己应该要做些什么。一切都忘了，唯独忘不掉的是苏梨梨的脸。苏梨梨的脸像春天里的花儿，润泽、芳香、迷人，如一张透着仙气的网，几乎网罗了西大的所有男生。丁以南想，自己也是男生，被网罗其中不足为奇，被抛弃也不足为奇，只是，那张脸怎么就那么难忘呢？

难忘是因为爱过，这是人性的本能。

苏梨梨说过，世界上好男人很多，爱她的好男人也很多，这是她无法把心归一的理由。雪小禅笔下的"花心女孩"不也如此吗？花心并非她的错，因为"花心"是一种病，有病的女孩又有什么理由要责怪她呢？或许苏梨梨也是如此吧。

丁以南套上格子衫和深色牛仔裤，站在镜子前，看到了自己一张暗黄的脸。一向精神抖擞的他居然也会有如此的一天，他无奈地叹了口气。不管今天是星期几，不管今天有什么课，不管今天的自己要做些什么，总之，他必须出去，离开这间充满霉味的宿舍，离开这张无法令他入睡的床。

春雨细如绵，冷风尖似剑。在这样一个缠绵与冷漠交织的春色里，丁以南终于笑了，原来世界都是一个矛盾体，不仅仅是他自己。

迎面走来那个爱吃奶酪蛋糕的女孩，几乎每次都与他相遇。女孩看到他时，习惯性的笑容再次浮现出来。擦肩而过的瞬间，丁以南听到她嗫嚅出几个字："你……你……你好……"

丁以南向女孩挥了挥手，以示回应。

此刻，他又想起了苏梨梨的脸，那张脸果真变成了一张网，这张网正以缓慢的速度向他飞来，飞到跟前时"忽"的一声又消失了。他咬咬牙，艰难地咽下了喉咙里的一股气。

丁以南朝远处的校门走去。去哪儿呢？喝酒？不行！喝酒太颓废，他不想颓废，更不想在光天化日之下颓废。尽管在前几个夜晚他已经颓废得连月亮也为之伤神，但今天，他不想继续下去。从春雷乍响的那一刻起，他觉得自己有必要苏醒过来。男人志在四方，何必为这儿女情长而销魂落魄呢？

"哎……我请你吃蛋糕？"女孩的声音从后面响起。

丁以南愣了那么半秒，回头看时，女孩的笑容已经奔向了他。

"彩虹芝士吃过吗？味道很不错。"女孩闪着晶亮的眼眸看着他。

"你是？"丁以南对眼前这个既熟悉又陌生的女孩有些好奇，

"你认识我？"

"不……不认识，只是……我们经常相遇，是吧？我是新闻系的。"

"哦……"丁以南心不在焉地回答。

"怎么样？去不去吃蛋糕？"女孩又问。

"嗯，行吧。"

"去'小美西点'吧，那里的蛋糕不错。"女孩殷勤地笑着说。

"嗯……"丁以南觉得去哪都行，只要不喝酒。

似乎，所有的热情与冷漠相遇，终是一场无言的结局。两人便也如此，沉静地走了十几分钟，来到"小美西点"。

女孩站在柜台前看着各色糕点。

"喜欢哪一个？"她转头看向正在出神的丁以南。

"随便吧。"丁以南回答。

"来两块彩虹芝士。"女孩朝服务生笑道。

女孩把彩虹芝士递过来："送你一座彩虹，红色的阳光、紫色的薰衣草、蓝色的大海、黄色的田野、橘色的蝴蝶，还有绿色的森林，漂亮吧！"

"漂亮，谢谢。"丁以南面无表情地接过蛋糕。

"必须的。"女孩低头浅笑道，"尝尝吧，彩虹芝士是专门做给失意的人吃的。"

"嗯？"丁以南疑惑地看着她。

"嗯！"女孩坚定地看着他。

两人再次沉静下来。

苏梨梨的脸又闪现出来了。丁以南想起了以前那些日子，以前的他就是一道彩虹，只要有苏梨梨在，他就可以是她的阳光、大海、薰衣草、蝴蝶、森林……只要能让苏梨梨开心，他永远愿意做她的彩虹。可是，他愿意，她还不愿意呢！

"出神得有些过分了。"女孩笑着说，"我该走了，得赶回去上课。"

丁以南回过神来，这才发现，在这二十多分钟里，他的心思一直停留在苏梨梨的回忆里，多少有些不堪。他只好勉强一笑："谢谢。"

女孩回以一笑，朝他挥挥手："再见了。"

女孩走出了西点屋。几分钟后，丁以南想起什么似的追出去，追到拐角处时，听到女孩的声音传来："姐，我终于和他说话了，那么多次的相遇……总算没白费，我就是他的彩虹，你信吗？姐……"

丁以南愣住了。原来，属于他的那道彩虹一直就在他的身边啊。

◀ 书 包

　　韩晓的书包略显陈旧，红艳中泛着白，在阳光下显得有些寒酸。但韩晓是学习委员，这个略显旧色的书包，在学习委员的光环下，又显得格外耀眼。

　　那是一个美好的下午，阳光从明亮的窗户洒进来，夹着一缕春风，给一群初三学生增添了不少阳光少年的气息。这群阳光少年随着一道喜悦的"铃铃铃……"声，变得雀跃起来。

　　放学了。

　　韩晓本能地拿起背后的书包，这时，身后的赵锐一把将书包夺过来，扔在了正准备走出教室的班主任面前。

　　"咣当"一声，响彻整个教室。这个意外的声音留住了准备回家的学生们。

　　"老师，韩晓的书包里有黄色书籍。"赵锐指着地上的书包嚷道。

　　这时，同学们都围了上来。老师在翻找那个泛白的书包，一本不堪入目的黄色图集顿时使整个教室"嘘唏"声四起。

"不是我的，真不是我的书。"韩晓焦急地解释。

"别装了，学习委员！你的一举一动早就被我尽收眼底了。"赵锐特意加重了"学习委员"这几个字的语气。此时抓到韩晓的把柄，赵锐特别得意，因为韩晓总是以学习委员自居，并且责任心过大，常常不厌其烦地去规劝他认真学习，这令赵锐格外反感。他心里一直想揪出韩晓的小辫子，他觉得韩晓再优秀，也一定会有缺点！

班主任的眼光很锐利，她先是扫了一眼韩晓，然后又把眼光转向赵锐，说道："你们两个留下来，其他的同学都回家去。"

后来的事情谁也不知道是怎样进行的，那本黄书到底是谁的，谁也说不清楚。

第二天，韩晓照例来上课，而赵锐因为家里有事请假没来。

韩晓刚踏入教室，所有的目光都向她投来。嘴快的春妮跑过来扯住韩晓的手臂问："怎么样了？那书到底是谁的？"

"不是我的。"韩晓冷冷地说。

后来，大家都把黄书的事断定是赵锐所为，因为赵锐连续三天一直未露面，他连给自己申辩的机会都错过了。而韩晓却在第二天把书包换了，换成一个透明的塑料袋。从塑料袋里一眼便可以看到里面堆积的书籍。

这一切似乎都在证明：制造"炸弹"事件的人非赵锐莫属。

第四天，赵锐来了。嘴快的春妮开始轰炸赵锐。

"哟，我们的黄色先生终于露面了。"

"你说谁是黄色先生？"赵锐怒视春妮，冷冷地反问。

"还狡辩？"

"谁狡辩了？不是我做的就不是我做的。"赵锐开始咆哮起来。

这时候，班主任来了，教室开始沉静下来。

班主任"咳咳"了两声，说道："还有一个多月的时间就中考了，有什么事考完试再说，现在开始上课。"

赵锐此时早已看到了韩晓的透明塑料袋，他急了，"嗖"的一声从板凳上跳起来，把韩晓的透明塑料袋扔在地上："你什么意思？换个透明的袋子来证明你的清白？"

韩晓低头捡回塑料袋，一言不发地坐回座位上。

"赵锐！"班主任厉声喝道，"现在在上课。"

"卢老师，你得和大家讲清楚，否则我这课上不下去。"赵锐凛然回敬老师。

"我说过有什么事等考完试再说。"卢老师也凛然回敬赵锐。

赵锐明白，一切有利因素都开始倾向于韩晓，而自己却在事件发生的几天内像个胆小鬼一样请假了。最可恨的是，韩晓居然会把书包换成塑料袋。此时的赵锐把牙齿咬得吱吱作响。

这时，班主任走过来，拍拍赵锐的肩头说道："你出来。"

赵锐瞪了一眼韩晓就跟了出去。那堂课静悄悄的，没有老师，没有赵锐。

卢老师说："中考前的最后一个月，你努力一下，争取把中考成绩提上来，关于黄书的事，我到时候自有办法帮你。"

赵锐听了将信将疑。卢老师看他一副犹豫不决的样子，拍了拍他的肩膀："你放心，一言既出，驷马难追！况且老师向来说话算话，你还不相信我？"

看着老师一脸真诚的样子，赵锐终于点头道："行，不就是提成绩嘛，有什么难的。"

于是，中考前的最后一个月，赵锐只字不提黄书的事，他根据自己的情况制订了一份详尽的复习计划，每天不是看书，就是刷题，像换了个人似的。而坐在他前面的韩晓也显得格外镇定。那个透明的塑料袋横在他俩中间，像一道坚硬的墙，把他们隔得十万八千里。

终于，成绩出来的时候，赵锐兴奋地跳起来，他不停地欢呼着："韩晓，你死定了！韩晓，你死定了！"旁边同学听到后一脸疑惑。

这时，班主任笑盈盈地走进教室。她把目光转向赵锐："赵锐，恭喜你，成绩提升很大！"班主任又看向韩晓，"但是，这一切都得归功于韩晓，关于黄书的事，确实是他使的苦肉计，他说只有这样，才能让你不放弃学业。"

赵锐一听，傻了。他呆呆地看着韩晓的背影，看着这个有点深沉的学习委员，再看看那个透明的书包，他一个字也说不出来。那书包的光芒像一束耀眼的光，深深地刺痛了他的心。

◀ 他们的家园

　　倘若不是那场突如其来的台风，我可能永远不会真正地认识他们。

　　一直以来，我以为他们是"魔鬼"。因为，我曾经亲眼见过他——那个叫桑子的男孩。他和他的同伴们呼喊着，挥舞着手里的红领巾，以这样的姿态追赶着我们。我们吓得落荒而逃，朋友告诉我，他们是来抓我们的。起初，我还有些不信，但当我亲眼看见他们把我的几个朋友关进笼子里时，我无奈地把他们列入了我的"黑名单"。

　　我们的家园是如此的美好，这里是一片绿色的海洋，这里阳光明媚，空气清新，还有着一条"汩汩"流淌的清扬湖。这样的景致，怎能不让人陶醉？然而，他们——那些孩子，却常常潜入我们的家园，偷窥、探索，甚至捕捉我们。

　　有一次，桑子的老师——一位扎着乌黑长辫子的年轻姑娘，在桑子的带领下来到了我们的家园。长辫子老师看到我们后，兴奋得像个孩子，她拿着相机不停地拍摄，"咔嚓咔嚓"的快门声，一如她那颗跳动的心。我想，她一定是被我们美丽的身姿所吸引。尤其是当我站在枝头，优雅地梳理羽毛时，她把镜头久久地对准我。在我即将飞离的那一刻，我听到她迅速地按下了快门。而后，她举着相机朝桑子欢叫："桑子，我拍到它了！多美啊！它们是大自然的杰作，我们应该要好好地爱护它们。"桑子咯咯地笑着回应："我家关了好多只这样的鹭鸟呢，要不要我送你一只？"

长辫子老师忽然沉默了，她原本欢快的脸上瞬间变得乌云密布。桑子为此慌了神，他低下头看着自己的脚尖，等待着老师的责问。长辫子老师轻轻地走向他，在他肩头上拍了拍，温柔而坚定地说："桑子，为什么要把它们关起来呢？它们也有生命，也有自由啊！"

桑子低着头，小声地说："我想让它们陪我玩。"

我不知道长辫子老师后来说了些什么，但当我看到桑子第二天把我的几个好朋友送回来时，我深深地爱上了那位老师。我想，一定是她耐心地告诉了桑子：过分的爱其实是一种束缚，是爱的枷锁。如果他们真的爱我们，更应该要给我们自由不是吗？

过了不久，一场声势浩大的台风席卷而来。一夜间，我们的家园被摧残得面目全非，我们的家族也因此遭到了巨大的劫难。很多朋友在台风中失去了生命，而我也几度被台风刮落在地上。树枝划破了我的身体，鲜血不断地涌出来。我意识到我的生命即将结束，恐惧和绝望包围了我。

直至天明来临时，桑子出现了。他小心翼翼地把我捧在手心里，把我抱回了家。我看到了许多受伤的朋友们，它们在桑子的家里养伤。桑子和他的朋友们为我们点起了火炉，桑子说："别怕，我给你们取暖来了。"他细心地给我们喂食，还给我们唱好听的歌。歌声像雨后的彩虹，架起了我们和他们之间的友谊桥梁。而我那颗原本几近停止跳动的心也逐渐恢复了活力。当然，还有我那些受伤的伙伴们，他们也应该如我一样。

　　阳光再次普照大地，我和我的朋友们重新回到了我们的家园。我看到了长辫子老师，她带来了她的男朋友杰克。我还看到了桑子和他的同伴们，他们一只手提着塑料袋，一只手拿着铁夹，一边欢笑着，一边为我们的家园收拾残局。他们把台风刮来的垃圾一点点地装进垃圾袋里，又把刮倒的小树苗重新种植起来。而我们呢？则在他们上空展翅高飞，用洁白的羽翼组成了一条优美的长围巾。我们知道，白色代表圣洁，而围巾则是献给亲爱的人。我想，他们一定能明白我们此时的情感吧！

　　我听到了杰克的声音。他是一名环境策划师，当他走进我们的家园时，他惊讶地说："嘿！这里是一个没有垃圾桶的世界！没有垃圾桶的世界多么美好呀！"一群人都好奇地看向了他。而我更好奇了：垃圾桶是什么呢？我们的世界里从来没有过垃圾桶。

　　杰克解释道："其实我们的公共场所也可以像这里一样，无须设置垃圾桶。"

　　"为什么呢？"桑子十分疑惑。

　　"因为公共场所里的垃圾都是人带来的，只要人人都有道德意识……"他指了指我们，"就像我们一样，把随身带来的垃圾随身带走，那么垃圾桶是不是就多余了呢？"

长辫子老师听了，一双好看的丹凤眼笑弯了。她高举着手中的铁夹子，向大家提倡道："明儿，我们给市长写一封倡议书吧！题目就叫：'用道德请垃圾桶退休。'"

一群人欢呼起来。

而我呢？开始向往他们的家园了。因为那里有着这样一位充满爱心和智慧的长辫子老师，她用自己的行动影响着孩子们，让他们学会尊重生命、爱护环境。我相信，在她的带领下，他们的家园一定会变得更加美好。

◀ 无处不在的风景

他终于爬到了山顶，放眼望去，一片云海茫茫，群山隐约可见。

他想，他的人生紧爬慢爬，终是在山顶处站住了脚。这十几年来，他一直用"高处不胜寒"的姿态拒绝了一双又一双向他伸来的手，纵使这些手充满了诱惑，但他不能，亦不敢用一世的清廉之名去接受它们。

可是，此刻，他犹豫了。他知道这一处风景优美的高峰不会永远为他停留，他的人生终将要回到原点，然后老去，然后渐渐被人遗忘。

手机响起时，他被吓了一跳，是高朋打来的电话。这个房产商的用意深远，他说："林局，只要你签个字，就可以安枕无忧地退休了。这是最后的机会，想必不用我多说了吧。"

他挂了电话，没有答应对方，也没有果断地拒绝。是的，他在犹豫，在最后一步，他犹豫了。

他一直是个忠厚的人。他来自贫穷的山区，靠乡亲父老们的资助才读完了大学。走出大学后，他进入了一家国企，从最基层做起，一步一个脚印地埋头苦干，没有一点私心。他没有想到，就是靠着这一份执着，他走上了最高峰。

他记得，当自己还处在山脚下的时候，他的领导曾经拍着他的肩头说："好好干，将来你也一定能站在山顶上的。"那时候，他就笑笑，说："山顶上的风景一定很美吧？"领导说："美，很美。"

后来，领导犯了事，一夜间就从山顶上跌进了牢门里。再看到领导时，领导已经不是领导了，而是一名经济犯，以往的红光满面没有了，取而代之的是一脸的愁容。他后来就悄悄地想：山顶上的风景不一定就是最美的吧。

想是那么想，但他依旧没有停下脚步。爬到山腰上时，他看到有不少的领导已经在走下山的路，他们的表情是多种多样的，有的静如止水，有的无奈哭泣，有的悲愤至极，当然，也有喜笑颜开的。他也问他们："山顶上的风景到底美不美？"有的说："美。"有的说："不美。"

他的脚步更加坚定了。他想，不管山顶上的风景到底如何，他都要亲眼看一看。他继续前行着，用一颗炽热而忠诚的心对待着自己的工作。终于，他成功了，他站在了山顶上。刚站上去的那一刻，他几乎要喜极而泣了。他给家乡的老父亲打电话，他说："爸，我现在站在万人之上了，这里的风光无限美好啊。"

老父亲却说："儿啊，你看风光时，风光也在看你。你记住了，那是一片为万人服务的高洁地带，不能摔下来啊！"

他确实记住了父亲的话。这十几年，他是清廉的，是问心无愧的。

可是，如今他亦要下山了，也该下山了。他对父亲的话开始有所动摇。这十几年他得到的不少，但也不多。相对于其他高官人士来说，他实在是太寒酸了。一套一百来平方米的居室，一住就是一辈子。人家退休干部谁没有几套房子啊？郊外一套，国外一套，城中一套。那种别人有而他没有的滋味他是有所感受的。

是的，用高朋的话说，现在是最后的机会了，再不抓紧捞一把，这一辈子就过去了。下了山，哪里还有风景可言？

他站在山顶上想了许久，最终决定要搏一搏。他拿出手机拨打高朋的电话，拨到一半时，他听到一块石头坠入山谷的声音。他哆嗦了一下，转头看去，一对父子在不远处看风景。小儿子正从地上捡起石块往山崖下扔，"轰隆"的响声打破了山峰上的宁静。

他收回手机，往山下走。他又犹豫了。山顶的风景虽美，但一不小心就如那石块一般落下去了，落下去的速度如此之快，连看风景的时间都没有了。

他深吸一口气，开始往下走。每一步都显得异常沉重，但他却走得异常坚定。每走一会儿，他就要停下来看看远处的风景。他看到了炊烟袅袅，看到了小河潺潺，看到了牛羊成群，看到了麦田片片，看到了农人劳作……这一切景象是多么美好啊！而在上山的路上，他竟然都无视了它们的存在。不得不承认，一直以来，他只在乎山顶上的风光，执着于那颗追逐高峰的心，而遗漏掉了那些山脚下的、山腰上的，乃至周围的一切美景。

他顿时豁然开朗起来。他想到了父亲和母亲，想到了院子里的那一株株小野花，想到了家乡里的乡亲们，想到了那一片片绿茵茵的草地……这一切，何尝又不是一处美景呢？

他终于又拿出了电话，快速地拨打着高朋的号码。电话接通那一刻，他冷静地说："朋友，我下山了。请自重！"

◀ 爷爷的笑容

每天晚上青青姐都会给七岁的贝贝讲故事。

这天，青青姐给他讲了一个《壁虎长尾巴》的故事，讲到最后时，他听到青青姐说："壁虎的尾巴长出来后，悲伤的何小西的笑容也长出来了。从此，何小西与这只小壁虎过上了幸福快乐的生活。"

听完故事后，贝贝就睁着一双乌亮的眼睛问青青姐："笑容也能长出来吗？"

青青用手指刮了刮他的小鼻子："当然能长出来啊，不长笑容的人多悲伤呀！"

"是啊，像爷爷一样悲伤。"贝贝侧着脑袋想了想，"爷爷的笑容也会长出来吗？"

"当然会，如果我们家壁虎的尾巴能长出来，爷爷的笑容肯定也会长出来。"青青姐开玩笑地说。

贝贝却当真了。

到了夜晚，贝贝找来了一把小刀，他悄悄地把停在花圃里的那辆汽车上的"壁虎尾巴"削了下来。然后用双面胶粘到爷爷那个已经断了一截尾巴的"壁虎"标本上。这只壁虎标本是爷爷在窗户缝隙里发现的，爷爷说："他推窗时没注意缝隙里藏着这只壁虎，所以不小心把它夹进了缝隙里，过了几天才发现它，可是它已经死了。"爷爷因为这只死去的壁虎难过了很久，贝贝安慰他："爷爷，壁虎的尾巴长出来后就能复活了。"爷爷点点头说："是啊，我就在等它复活呢。"后来，爷爷把这只壁虎做成了标本。再后来，爷爷的笑容就不见了。

　　一直以来，贝贝觉得爷爷的皱纹一笑起来就像一朵花。可是，这朵花忽然间消失了，爷爷不会笑了。贝贝发现这个秘密的时候，就问爷爷："爷爷，你为什么不开心？"爷爷皱着眉头说："我开心着呢。"贝贝把嘴一撇，说："爷爷也会撒谎了？"贝贝把爷爷拉到镜子前："你看，爷爷脸上的花凋谢了。"爷爷一听就笑了，可是笑得一点儿也不好看，一点也不像花，倒像一个个解不开的丁香结。

　　爷爷并没有注意到那只壁虎标本的尾巴长出来了！他注意到的是贝贝脸上流露出来的一缕慌张，爷爷盯着贝贝的脸，说："贝贝怎么了？哪里不舒服？"贝贝连连摇头："没……没有，我哪儿都不舒服……不不……是哪儿都舒服。"爷爷狐疑地看着他，贝贝只好两只手举起来，一副投降的姿态，说："爷爷，你就饶了我吧，我真没事，不信，你听听，用你的测谎仪听听我的心跳声，稳着呢！"

爷爷没有像往常一样把耳朵凑到贝贝的小胸膛上去听，他叹口气说："没事就好，没事就好。"爷爷一边说一边走到窗台前看看那些花圃里的花，看着看着，就自言自语起来："可惜哪，那么好的花都没了……"

贝贝心里难过了，他知道爷爷又要为他的花伤心了。爷爷像林黛玉一样，看到花儿死了也伤心，看见壁虎死了也伤心，爷爷就是一个多愁善感的"林黛玉"。

不过，不难过才怪呢，虽然这些花是种在小区花圃里的，但它们都是爷爷辛辛苦苦栽培出来的。爷爷刚从乡下来到城里的时候，就带了好多花种子。他说，小区人多车多，就是花不多，种点花儿让生活多姿多彩。于是，他播种，施肥，浇水，每天和它们说话，半个月后这些花儿就长出来了。一片一片的，红的、紫的、粉的、白的……五颜六色地拥在一起，把蜜蜂引来了，把行人的目光也留住了，可是却无法逃避那些大车轮的"毒脚"。

爷爷后来无数次地对贝贝说，生活质量越来越好了，人心怎么反而越来越坏呢？那么好的花怎么就忍心一次次地辗下去。后来，爷爷三番五次地去重新护理他的花，又三番五次地在花圃旁树立他的温馨提醒：爱护小花，脚下留情！

可是，没有用啊，那些车轮是不长眼睛的，它们想碾哪里就碾哪里，根本不把那些花儿当生命，爷爷的笑容越变越少了。

贝贝想把壁虎标本长尾巴的事情告诉爷爷听，但是他又害怕爷爷会责怪他做坏事，他左思右想，最后决定还是先不告诉爷爷，因为他知道爷爷每天都会去看壁虎标本，等他明天去看时，发现壁虎标本自己长出了尾巴，那爷爷才会真的高兴呢！

晚上睡觉的时候，贝贝心里乐滋滋的，他似乎看到了爷爷的脸上长满了一朵又一朵的灿烂的笑容，就像他的那些花儿一样。

第二天，爷爷看到了壁虎标本上的尾巴，他认真地端详着，他意识到这是贝贝从汽车上刮下来给它贴上去的。这时，小区外面车主气急败坏的叫骂声传了过来："是哪个缺德的家伙，把我车上的壁虎尾巴刮掉了！"爷爷皱了皱眉，心里五味杂陈。

爷爷本想批评一顿贝贝，但是当他看到贝贝那双充满期待的眼睛时，心软了。

晚上八点的时候，爷爷居然发现汽车都不敢停在花圃里了。月光下，那些绿色植物又恢复了呼吸，静悄悄的生命复活了！爷爷看着看着就笑了，贝贝扯着他的衣角说："爷爷，是不是壁虎复活了。"

爷爷笑眯眯地说："是啊，都复活了。谢谢你送我的尾巴呀！"

贝贝听后，开心地笑了。他知道，爷爷的笑容终于又要像花儿一样绽放了。

一束光的力量

◀ 遇见未知的自己

    我一直走，向黑暗深处走去。尽管周围隐藏着无数双眼睛，它们充满了焦虑与渴望，但我仍然执意要往前走。这些可怜的眼睛啊，只要我向前迈进一步，它们就会发出惊恐的或是悲怆的光芒。它们试图用这样的光芒来阻挠我的前进，可是，我必须向前走，必须！

    我知道，在前方我将会遇到一个未知的自己。这个自己或许是落魄的，或许是淡然的，也或许是功成名就的，当然，还有可能会堕落成一个没有灵魂的妖姬。

    我挥一挥手，朝周围那一双双眼睛喊着："再——见——再——见——了！"

    我的成绩一向那么出色，每次考试我都能稳居前五名。所有人都很肯定地认为，将来的我不是清华的才女，便是北大的骄子。

    可是，世事难料，一个高考下来，我居然只考进了一个二流本科。

那一双眼睛又迫不及待地追了上来，如果我没猜错的话，那是母亲的眼睛。她的眼睛向来是犀利的，可是，面对如今的我，她居然也能变得如此的软弱。她停留在我面前，用哀求的目光看着我，她说："小芳，你无论如何得听我的，复读！只有走复读这条路，才不枉费这几年来的努力。"

我没有停步，撇开这双眼睛，继续向前冲去。我看到了前方有一丝光芒，它不断地闪烁着，引领着我的目光向前走去。我相信那里藏着一个未知的自己。

我一直是个听话的孩子，从小学到高中，母亲说什么我就做什么，我把儿童时期和少年时期应该享受到的欢乐时光都用在了学习上。我初中的同桌余乐乐就一直嘲笑我是书呆子，说我居然连风筝都没放过，更别提现在手机里的各种小游戏了。

另一双眼睛又追了上来，我从它仁慈的目光中看到了父亲的影子。父亲一直都是那么慈祥，他给我做世上最好吃的饭菜，给我买我想要的一切，甚至是天上的月亮，他都会努力为我摘下来。可是，我的父亲，我亲爱的父亲，他唯一的愿望就是希望我考上清华或者北大。他用他特有的仁慈来要求我，使我没有理由去与他抗争。如今，他仍然这样，他说："小芳，答应爸爸，只要复读，你想要什么爸爸都给你买。"

我终于知道了什么叫软硬兼施的功效。于是，我不得不听话，而且是很听话。我每天必须看书、写字、学习，然后吃饭、睡觉、思考。这是我跨入大学前的人生写照。

如今，我要从这个无趣的圈子里跳出来，我不要复读，不要！

我就是要读一个二流的本科！所以，我必须向前冲，甩开一双双阻挠我的眼光，向那一丝微弱的光芒奔去。

可是，那一双双眼睛是那么的顽强，一个下去了，另一个又追上来。

此刻，站在我面前的这双眼睛是表姐的。她怜悯地看着我，像看一个刚刚从苦难中爬出来的孩子。她为此用自己的光辉照耀在我身上，她说："小芳，听我的，复读吧，偶尔失利也是很正常的。你基础好，该复读的。你瞧我，现在还没毕业就有很多大单位来要人了。怎么着都要为自己的将来做个最好的打算啊。"咳！这个北大才女啊，她一直是我的榜样，一直是我膜拜的神。而我的父亲母亲就是以她为榜样，认为我也能成为她那样的未知的自己，早早地就把这个期望收入了囊中。这到底是可悲的还是幸福的？

我得向前冲去，我抛开了表姐的怜悯与光辉，再次向她挥了挥手："再——见——了——"

我看到了一个未知的自己。

她向我挥舞着双手，无比兴奋地朝我嚷："小芳，杨小芳，过来呀！来这里，这里有阳光，有甘泉，有鲜花，还有很帅很帅的大帅哥……"

我感到了内心的澎湃，我的脸微微地发热，我甚至还想起了那个高中时期给我递过情书的钟跃然。对于那样的男孩，我居然能做到"两耳不闻窗外事，一心只读圣贤书"的状态。

那样好吗？不好！我现在终于觉得不好了。因为，就在今天，我突然觉得自己失去了一切，比如快乐和青春。我用它们下了赌注，企图去换回一张重点大学的录取通知书。然而，这样的梦想却在瞬间化为了乌有。

我不顾一切地向前冲去，终于摒弃了一双双叹息的眼睛，我看清了那个未知的自己。她居然是那么阳光、那么无所畏惧。一直以来的乖巧和温顺都没有了，她享受着二流大学里的一草一木和一枯一荣。

浮生一梦啊，绝对不只在今朝！我相信那个未知的自己。

◀ 无声的爱情

如果世界万物皆有形，那么它们也皆会有声。

肖山便是那么一个倾听者，听惯了每天的花开花落、车来车往、人喜人悲……在无形中，肖山就培养出了一种风雅的气质。肖山想，生活嘛，不过如此，折腾来折腾去，也就过了一辈子。

肖山是个盲人。

每天清晨，肖山都会很安静地坐在花丛里。花是他和母亲婉娘的工作，母子俩就着这条繁华的木棉街做起了卖花生意。肖山的卧室正对着木棉街，婉娘请人在卧室的墙上凿了个大窗口，于是，肖山的卧室也就顺理成章地成了花室。

九点半钟的时候，肖山会准时打开卧室的那扇大窗口。窗口总会发出一声轻轻的"嘎吱……"的声响。肖山便会说："早上好，嘎吱先生。"

在肖山心里，所有的有声之物都是有生命的，就像这扇会说"嘎吱"的窗口。

当然，还有那些买花人，他们是生命的至高无上者。平时来买花的人不多，只有遇到节假日的时候，花室的窗口才会热闹一些。可是，不管热闹与否，都无法阻止肖山对声音的幻想。

比如，一听到买玫瑰的小伙子对女朋友说的那些腻人的情话，肖山就会在心里勾勒出一幅图。图案很抽象，像无数条扭曲的双线条，线条缠绕着，在摩天大楼的顶上、在玉树山川间、在风花雪月里穿行。肖山想，它们是自由和甜蜜的象征。

所有的声音里，肖山对"爱情"的声音最为敏感。因为肖山已经二十三岁了，却还没有谈过一场恋爱。婉娘告诉过他，爱情是所有情感里最敏感、最脆弱、最刻骨铭心的一份情感，不轻易触碰，一碰，不是开心至极，就是悲伤至极。

肖山不相信。他渴望这份情感，天天憧憬着，执着地等待着一个爱情的声音叩开他的心房。

正是怀着这份期待，他遇上了清。

清是在某个傍晚出现的。她对窗口里的肖山说："给我一枝玫瑰。"

听到清的声音，肖山的心就颤了一下。那个声音如此婉转，像山谷里传来的声音，空旷、灵动，富有诗意。

肖山把玫瑰递给她，清便开始摘花瓣，一片片地摘。一边摘一边念着："他爱我，他不爱我，他爱我，他不爱我……"直至摘到最后一片花瓣的时候，清念的是"他不爱我"。清为此很沮丧，又连续买了两枝玫瑰，结果仍然一样。

清终于生气了，她看着肖山说："你卖的玫瑰花为什么都是单数花瓣的？"

肖山愣了一下，说："这……可能只有玫瑰花自己知道吧。"

清安静了几秒钟，转身走了，留下一句："明天我再来。"

清的余音一直在肖山的耳畔回旋。肖山脑海里顿时就闪出了一个念头，他要把单数花瓣的玫瑰全部挑出来，专门卖给清。

这个念头闪出来后，肖山知道自己恋爱了，虽然是暗恋。

清连续来了一个星期，结果都是"他不爱我"。清终于决定放手了，她对肖山说："他为什么不爱我？他真的不爱我吗？"

肖山问："他长得很好看吗？"

女孩说："当然。"

肖山无语。

"他长得像金城武，帅呆了。"清的声音里夹着无限向往。

肖山的心仿佛被一把尖刀刺着了一般，鲜血细细地流出来。肖山问："那我长得像谁？"

清认真地看着他，说："你长得也挺好的，可惜是个瞎子。"清的声音很低落，低落得让肖山感到窒息。

那天之后，肖山就病了，病得一塌糊涂，吃什么都无味，听什么都无声了。

婉娘当然看出了肖山的病根。待肖山的病好之后，她给肖山找来了一个女朋友——安。安是个聋哑人，只会"哇哇"地叫。听到她的声音，肖山忍不住把她幻想成一只大苍蝇。可是，肖山还是和安结婚了。虽然肖山不爱她，可是安爱他，安不嫌弃他是瞎子，他又有什么理由嫌弃安呢？

日子就这样平静地过了三年。每天，肖山仍然坐在花丛里聆听世界万物之声。在他心里，什么声音都逃不过他的耳朵。直至某一天，狂风暴雨突临，肖山慌乱地站起来关窗，伸手之际却碰到了安的手。肖山吓了一跳，问："你什么时候进来的？"安"哇哇"地叫了两声。婉娘这时恰好进来，说："安一直在，她陪你坐了三年，看了你三年，你怎么就一点也没感觉到呢？"

　　肖山愣住了。一直以来，他以为世界万物之声皆被收入心腹里，而他却忽略了那么一份离他最近的、最持久的声音。

　　那是无声胜有声的爱情啊。

◀ 春天的恋爱

春天恋爱了。

这个消息犹如一夜春风，迅速传遍了大街小巷。

春天的恋爱对象是谁呢？

春天妈说，春天的恋爱对象姓冯，1995年生人，长得细皮嫩肉，在某个房地产公司从事销售工作。

事实上，春天妈从来没见过这个小冯，她一高兴，就把春天的描述向大家转述了一遍又一遍。

于是，所有人都知道大龄姑娘春天找了一个小男友，而且还是一个长得细皮嫩肉的销售先生。

"吹牛吧！"在小区门口摆咸鱼摊的马强斩钉截铁地说，"要是春天真找了那么一个小男友，我马强立马把'马'字倒过来写。"

可是，一个月后，牛逼哄哄的马强食言了。当他看到春天牵着一个穿着白衬衣、牛仔裤的小男友经过他的咸鱼摊时，他立即就傻眼了。愣了半分钟后，马强说："春天，来，拿半斤咸鱼去，我马强就不把'马'字倒过来写了。"

春天笑了，小冯也笑了。

看到小冯，春天妈自然乐得合不拢嘴，忙前忙后地准备了一桌子菜。虽然素菜多荤菜少，但春天和小冯都吃得很满意。

春天妈问小冯："小冯是哪里人啊？"

小冯说："是横县人。"

春天妈就说："好，好，横县人有眼光，一看就看上了我们家的春天。"

小冯不说话，一边嚼菜一边点头。

春天妈又问："小冯看上我们家春天哪里了？"

小冯说："看上春天的吃苦耐劳了。"

春天在旁边呵呵地笑，春天妈却不笑，叹口气说："都是我没用，连累了春天。"

春天赶紧夹了两片肉放进母亲的碗里，说："妈，你又瞎说什么。"

春天妈把碗里的肉又夹给小冯，说："小冯，吃，吃，没几个像样的菜，但也得吃饱。"

小冯点点头，赶紧往嘴里扒了几口饭。

春天妈接着说："要不是我这身子骨太差，我家春天早就嫁出去了。现在的小伙子啊，心机可重了，非得找个漂亮的；不漂亮也行，起码得有点家底；如果连家底也没有，怎么着也会找个无牵无挂的。唉，这几项，我家春天一条都沾不上啊。"

春天妈喝了口汤，继续说："他们没眼光，只懂得眼前利益，不考虑长久效益。你看看我们家，简陋是简陋了点，但里里外外、上上下下，哪里沾有一点灰？谁要是娶了我家春天，那是等着享一辈子福吧。"

小冯还在点头应和着，春天的笑已经僵在了半空。

春天知道，这餐饭吃得最开心的是自己的母亲。母亲开心，她也就开心。

吃完饭，春天妈制止了要洗碗的春天，她从枕头下面摸出两张电影票递给小冯，说："小冯，你和春天去看场电影吧。"

春天赶紧接话："妈，你哪来的电影票？"

春天妈咂一下嘴，说："让你们去就去。"

春天就不说话了。

春天换了一条连衣裙，牵着小冯的手出门了。走到楼下时，春天对小冯说："还有时间吗？"

小冯说："有。"

"那陪我看场电影？我妈有可能会跟踪过来。"

小冯又说："好。"

两人就这样手牵着手一直走到了电影院。

看完了那部《春天的约会》，小冯哭了。

分手时，小冯对春天说："姐，往后这出场费就免了吧，我知道你的日子也不好过。"

春天很惊讶，睁着一双小眼，半天回不过神来。

小冯又说："咱们的恋爱还这样进行下去吧，我知道阿姨见到我很开心，我还当你的假男朋友，而且我给你免费。"

春天愣愣地问小冯为什么。

小冯挠挠头，说："不为什么。可能是'人之初，性本善'吧。"

于是，每个周五，小冯和春天就会手牵手地出现在大家面前。春天妈的笑容犹如春天里盛开的花朵，生活都被她笑出香味来了。

小冯和春天的"恋爱"一谈就是三年。

春天妈有些焦急了，隔三岔五地就提两人的婚事。春天和小冯都说："恋爱还没谈够呢，你没听过现在流行马拉松式恋爱吗？"

春天妈不太理解，心里的结越结越大。她向马强打听："这马拉松到底有多长啊？"马强说："这马拉松啊，很长很长，十年、二十年都有可能。"

春天妈"哟……"了一声，心里很纠结。

小冯终于要结婚了，新娘当然不是春天。结婚的前一天，小冯对春天说："姐，往后你的恋爱得另找一个对象了，我结婚后会和爱人一起上北京闯荡。"

春天点点头，说："好的，谢谢。"

小冯说："谢啥呢，也没帮上什么忙。"

春天说："谢谢你把我妈的命根子延长了。"

小冯反应不过来。

春天又说："当年，医生说我妈的命最多还能维持一年。可是，我妈为了等我俩结婚，硬是活到了现在。"

小冯惊得哑口无言。

而春天在小冯转身的那一刻，哭了。

◀ 当奥迪撞上了奥拓

当奥迪撞上了奥拓之后，故事就开始了。

那是一条小路，车少人也少，恰是那样的一条路让开奥拓的男人开起了快车，让开奥迪的女人分了神，女人要左转，忘了打灯，奥拓就被奥迪撞上了，奥拓的车头被撞得变了形，车头盖板被掀成个大喇叭。

首先跳下车的是男人，男人光着膀子，瘦条、黑脸，男人向开奥迪的女人喊起来："喂，你怎么开车的？"

女人从车里钻出来，一条玫瑰红的连衣裙把男人的眼睛染红了，女人把脸上的墨镜往头上一插，走到奥迪和奥拓中间："哟，撞得不轻呢。"

女人朝男人看了一眼，苦笑一下："真的很抱歉，我忘了打灯。"

男人的表情缓和了许多，走到人行道上抽起了烟。

女人开始打电话，先给交通部门打，再给保险公司打，打完之后，她走回自己的车里摸出一包烟来，然后也走向人行道，女人也抽起了烟。

男人看了一眼女人，忍不住说了一句："女人抽烟老得快。"

女人也看了一眼男人，回他："你觉得我老了吗？"

男人的眼睛收了回来："不老。"男人心里想，女人虽然不老，但也不年轻了，脸上可以看到风霜的痕迹了。

两人都不说话了，两人都在抽烟。

男人一边抽烟一边看着他的奥拓，男人有些心痛，奥拓跟了他五年，从没出过事，还帮他拉货赚外快，在没有奥拓之前，男人用青春换回一把血汗钱，然后又用这笔钱换回了奥拓，奥拓买回来之后，有个叫小乔的女人就跟了他，小乔跟了他一段时间，嫌他的奥拓不好看，夏天坐在里面像蒸笼一样，后来小乔就跑了，小乔跑了之后，男人就没再找过女人，男人想养一辆奥拓比养一个女人要容易，男人就把奥拓当老婆一样养了起来。

女人也一边抽烟一边看着她的奥迪，女人的心一点儿也不痛，奥迪跟了她一年半，也没出过事，还给她脸上贴了不少回头率，在没有奥迪之前，女人把青春献给了一个叫乔刚的男人，乔刚有妻有儿有钱，女人就心甘情愿地做起了小三，起初女人在乔刚的奥迪里笑，然后哭，哭了之后还要死心塌地地恋着他的奥迪，乔刚最后实在受不了了，就买了一辆奥迪给她，条件是从此她不能再来找他。女人有了奥迪也满足了，她想，那个男人不要也罢。女人就把奥迪当成男人一样来用，男人可以带她游山玩水，奥迪也可以带她游山玩水，有时想起男人的狠心，她还会忍不住往奥迪身上拍几下。

男人看了自己的奥拓后又把视线转向女人的奥迪，男人想女人的奥迪质量真好，撞得那么狠，损伤度几乎为零，男人又想还好是开奥迪的，如果是开奥拓的撞了他，说不准还要为这赔偿的事分歧一番。

女人看了自己的奥迪后也把视线转向了男人的奥拓，女人想男人的奥拓太经不起撞了，撞得那么轻就烂成这样，女人又想还好是开奥拓的，如果是撞了开奥迪的，这赔偿就大了。

男人和女人都想完之后，互相看了一眼，男人说："你这车质量真好。"女人笑了一下，女人说："你这车是用来干什么的？"男人说："是用来拉货的，给工程队拉一些零星的材料。"女人"哦"了一声。男人又说："这车是我的生计来源，没有它不行。"女人吐了一口烟圈，点了点头。

事情很快就解决了，该赔的都赔了，该修的也修了，男人看到女人的奥迪扬长而去，她的车牌号 AA8888 永远烙进了男人的脑海里。

很多年过去了，男人发了财，当上了包工头，他把他的奥拓以 4000 块的价钱卖给了二手车市场，然后买回一辆奥迪，并且给奥迪要了一个很好的号：AAA888，男人偶尔会想起女人的奥迪来，他想女人的奥迪应该不新了吧。

城市在不断地发展，很多人都买了车，很多楼房都拔地而起，男人身边的女人换了一个又一个，男人开着他的奥迪在城市里飞行，直到某日的一个下午，他看到了当年的奥迪，那辆奥迪的玻璃板上贴了一张"出租"的牌子，男人愣了一下，带着好奇心拨通了出租字下面的电话号码，一个女人的声音传过来。

"你好。"

"你好，你的车出租吗？"

"是的，你要租吗，150一天。"

"嗯，租。"

女人来了，开着一辆奥拓，如果男人没看错的话，那辆奥拓正是当年他用过的那辆，女人风尘仆仆地向他走来，女人问："是你要租车吗？"男人说："不是。"女人就拨了一遍男人的电话，电话关机了，女人哼了一声骂道："不得好死的，耍我。"

女人走远了，男人看着他当年的奥拓，忍不住说了一句："女人真的老了。"

而女人呢，她没有认出男人来，男人现在正是一枝花。

◀ 重　生

在遇到造型师迪峰前，我曾经产生过无数次自杀的念头，这种念头如同咒语般不断地侵袭着我。

厌世，苟活。这成了我一直以来的生存状态。而网游则成了我生存中的唯一乐趣。我冒充各种各样的人物生活在网络里，今天是张三，明天是李四，后天是王二麻子。我唯独不敢用自己的身份和任何人交往。并且，在厌世的同时，我对自己的厌恶感也与日俱增。这是一件极为痛苦的事，这种痛苦的蔓延，使我决定去找造型师迪峰。

我是在一个摄影群里认识迪峰的。他清高、狂傲，留着一头长发，喜欢把左半边脸掩藏在头发里，完全一副艺术人的范儿。我和他的最初交涉源于他创造的一个女人造型，造型妖艳而妩媚，冷漠又柔情。迪峰以此为荣，他把造型贴进了群里，我第一个表示了态度。我以一个熟女的身份混在群里，并且对迪峰创造的造型发出了强烈的抨击，我和他因此而战。

一束光的力量

俗话说："不打不相识。"我和迪峰也因此而熟悉。好在他还算个男人，对于世间的恩怨情仇都能以一种吃饭和拉屎的态度来解决。第二天，当他把自己的这个处世原则告诉我的时候，我还在为昨天的"战争"而耿耿于怀。而他则半开玩笑半认真地问我："昨天发生了什么事？"他说："昨天吃进去的东西，今早我都拉进马桶里了，都不记得了。"

好，既然如此，我找他无疑。

之前我说过，在认识迪峰之前，我曾经产生过无数次自杀的念头。那么现在我要说的是，认识迪峰之后，我便有了无数次"死亡"的机会。

迪峰让我自己选择任意一个角色，只要是我喜欢的角色，他都能够满足我。我选择做魔鬼，应该说只有魔鬼最适合我。我说这话的时候，迪峰看了我很久，他问："做魔鬼很快乐吗？"我点点头。他则爽快地拍了拍我的肩膀，说："好！成全你。"

不得不承认，迪峰确实是一个出色的造型师。他给我创造的魔鬼造型可以说是惟妙惟肖。看着镜中的自己，我终于舒了口气。长久以来，不敢面对人的心理终于一发不可收拾地退了回去。我得走出去，必须走出去。时间：深夜。地点：N市的所有大街小巷。我要让N市人看看我这个魔鬼造型。

结果是显而易见的，一个魔鬼突然出现在深夜，看到我的人几乎都被吓得尖叫、狂跑，甚至晕厥。有一个老太太因我的突然出现而心脏病突发。我为此幸灾乐祸，我要的就是这个效果。想到一直以来备受世人的冷眼与嘲讽，今天终于找到了一个最佳的报复手段，心里这口恶气终是得到了最有力的回击。

三天后，迪峰找我，说是急事。见到我时，他笑道："我工作那么久以来，你是为我的造型保持得最久、最完好的一个。"说完，他将我拉至梳妆台前，看着镜中的我，他又说："今天，我给你做另一个造型。"我说："不，我喜欢这个。"他坚决道："由不得你，你欠我一个造型，这一个是我送你的，你得还我一个。"

迪峰把我的魔鬼造型一点点地卸去。

阳光从窗口洒进来，正好落在我的脸上。和煦的阳光，温暖如春。我很久没有感受到这样的阳光浴了。蜗居在昏暗的房间里，面对毫无意义的网游，我的生活与魔鬼无异。我闭上眼，任凭阳光在脸上挥洒，任凭迪峰的化妆刷在我脸上不停地涂抹。我想象着他触摸我脸上皮肤时的感觉，他一定是心惊肉跳、深恶痛绝吧。仅一个钟的时间，迪峰就把我变成了一个天使。看着自己的杰作，他欣然一笑，说："你的眼睛很美，鼻子很挺拔，嘴唇也很妩媚。你完全可以做个天使，就像我也可以做一名造型师一样。"说罢，他撩开自己的头发，我惊骇地看着他——他的左半边脸！如我一样！也是疤痕累累。

我终于以一名天使的身份走了出去。看着满大街的车和人，还有阳光和绿树，我居然能做到静如止水般地沉着。

一个小女孩居然跑过来拉住我的手，乐颠颠地叫我"天使姐姐"。我问她："天使应该是怎样的？"她说："天使就像你一样漂亮。"我苦笑道："好，那么天使给你看看她的真面目吧。"我把迪峰为我做的天使面具从脸上摘下来，女孩瞬间被吓了一跳。

她足足惊愕地看了我一分钟，却没有跑开。待我甩开她的手径直往前走时，她突然朝我的背影喊："你一定是天使姐姐，天使永远都是美丽的。"

我想，我终于"死"了。我想，我不得不"死去"，然后以一名天使的身份重生。

我想，我得感谢迪峰。

一束光的力量

◀ 爷爷的礼物

六岁时。

他鼻子下还挂着串鼻涕，一张邋遢的脸上嵌着双明亮的大眼睛。几乎包不住肚子的棉袄下，配着条肥大的棉裤，那模样活像个小乞丐。他从人群里穿过，又走进更为拥挤的人群里。有人恨恨地拍了拍他的肩膀，朝他嚷："好你个三屁，又找钱来啦？告诉你，天上不会掉馅饼！"他没有理会那个声音，依旧执着地寻找着。米镇的圩日热闹是热闹，但大风总是无休止地光临，把一片热闹刮得凌乱不堪。好在他对寒冷并不畏惧，盯着地面，像盯一幅画满脚丫的抽象画。突然，他眼睛一亮，发现了一张纸币。他冲上前，身子一弯，把纸币捡了起来。仔细一看，却是张一百万的冥币。他沮丧地把冥币一扔，又继续向前走去。直至圩日结束，他仍一无所获。回到家，爷爷给他端来一碗白面，说："三屁，今天圩日，我给你买了件小礼物。"他这才从沮丧中回过神来。只见爷爷从口袋里掏出一个芝麻大饼，塞进他手里，说："吃吧，还热着呢。"

十二岁时。

他坐在了宽敞的教室里，穿上了母亲为他买的的确良衬衣和黑色运动裤，还配了一双白色的运动鞋。鼻涕不见了，干净的脸上仍然嵌着一双明亮的眼睛。他告别了爷爷，随着父母迁进了城里。城里的大街是没有圩日的，天天都很热闹，并且没有大风的袭击。宽阔的大街显得井然有序。他放学后常常喜欢驻足在街边的商店前观望，看着琳琅满目的商品。他心里有个小小的愿望——一辆属于自己的自行车。他去求父亲，父亲说："等一年吧。"于是他就等了。可是，一年过去了，父亲却说："三屁，想骑车时就拿爸爸的去骑吧。"他执拗地摇头。父亲摸摸他的脑门："三屁，爸爸赚钱不容易，要学会节俭啊！"他因此逃学了，一个人偷偷地奔回了米镇。他摇着爷爷的胳膊说："爷爷，爸爸说话不算话！他说过要送我一辆自行车的，可是他食言了。"爷爷笑笑，一脸的皱纹里藏着数不清的秘密。那年，爷爷给他送了一辆自行车，蓝色的，海一样的蓝。

二十三岁时。

他已经学会打扮了，不再穿的确良衬衣，更不会在衬衣下面配一条运动裤。他喜欢穿一套蓝色的牛仔装。爷爷送给他的自行车他已经换掉了，自己赚钱买了一辆变速车。并且，他喜欢上了一个女孩。他常常骑着变速车去接女孩下班。女孩长得雪白雪白的，一头长发垂至腰间。他时常会想办法讨女孩开心，诸如送小首饰、漂亮的衣物，以及很高的高跟鞋。他当然不会再问父母和爷爷要钱，他知道他们的钱已经为供他们姐弟三人读书花得差不多了。他唯有通过自己的努力去寻找财富之源。他确实是能干的，凭着自己的智慧从一名基层人员做到了中层领导。初入社会的他就能如此锋芒毕露，他自然是有些得意的。春节时，他提了许多营养品回米镇看爷爷。爷爷笑呵呵地说："三屁能干了，有本事给爷爷买礼物了。"他笑笑，说："那爷爷送什么礼物给我呢？"爷爷的手已经布满了黑斑。他从口袋里掏出一颗糖递给他："给，爷爷的礼物。"

三十三岁时。

他结婚了，媳妇不是那位雪白雪白的女孩，而是某局长的千金。牵着局长千金的小手，他更加意气风发，就像这座城，从井然有序的热闹变成了万紫千红的璀璨。他流连于各种应酬中，在推杯换盏中渐渐地迷恋上了城市的夜。城市的夜多美啊！霓虹灯闪烁成星空，小姐们妖娆成一只只狐狸。常常有人趁着这样的夜色给他塞进各种各样的礼物，再趁着这样的夜色朝他耳边嘀咕几句："黄总，以后多关照啊。"他呷着酒，半醉半醒地笑，再打出一个酒嗝，含糊地说："好说，好说，兄弟一场嘛。"他的礼物越来越多，有堆积如山的趋势。可是，爷爷还执拗地住在米镇上。他打电话过去："爷爷，你进城里来吧，我找人天天侍候你。"爷爷却说："三屁，你好久不回来了，你来一趟，我有个大礼物送给你。"他摇头笑了笑，挂下电话，忍不住说了句："爷爷真是个木头疙瘩啊！"他开着大奔来到了爷爷面前。正值夜色迷人之际，他和爷爷坐在高高的山丘上，望着头顶上一片明亮的繁星。

爷爷说："三屁啊，送你一片星空。"

　　他这才发现，过了半辈子，城市的星空上是没有繁星的，而他的心里不知什么时候已经丢弃了那片星空。

◂ 一束光的力量

准备到达目的地时，司机问安芽儿："返程时还需要车吗？"安芽儿没听到，她似乎只顾着看窗外飞逝而过的风景。

司机从后视镜看了看她，那张忧郁的脸庞里藏着初绽的青春。司机犹豫了一下，不得不提高音量再问："小姑娘，你需要我等你出来吗？这会不好叫车。"

安芽儿这才回过神来，说："不用。"

她下了车，司机看了看天色，不忘提醒她："这儿不太安全，你最好在天黑前回家。"安芽儿礼貌性地谢过司机后，就径直朝前方走去。

长长的河堤绕着邕江不断地延伸，好似直抵天涯。偶尔几只白色大鸟掠过江面，又高飞而去，与昏沉沉的天色融为一体，隐隐约约。江边长满了高高细细的芦苇，江风轻轻地吹拂着，芦苇丛里发出细细碎碎的声音。

周围除了安芽儿，空无一人，她就这样慢慢地走着，走向远方。

走了许久，安芽儿从包里掏出手机，打开相册，她看到了许诺那熟悉的笑容。她朝他笑了笑，然后轻吻屏幕里那张充满阳光的脸。她说："诺，如果你现在能给我唱首歌多好呀。"她自知等不来许诺的歌声，便自顾自地哼起来："怕你孤单怕你寂寞，于是我总在这里，在这里等候，只盼与你再次相逢……"

天渐渐暗下来，已分不清远处天空的颜色。江风似乎更强烈了一些，芦苇荡里的细碎声更大了。河堤上微弱的灯光亮起，像垂危老人的一丝喘息。安芽儿朝四周看了看，寂寥的黑色笼罩着她。她觉得自己应该会害怕，可是没有。她在心里坚定地说："再等一会儿，我就可以下水了。"

安芽儿继续往前走，又走了许久，她隐约看到远处有一处小屋正亮着灯。她有几分好奇，这个地方，这个时间，怎么还会有人住呢？

终于，她来到了小屋前。小屋外挂满了不同颜色的小灯，如星光一般，闪闪烁烁，很是好看。门口处挂着一块棕色木质牌匾，上面雕刻着好看的小楷"邕江花店"。牌匾下放着一张靠背长木椅。

屋里的灯光很柔和，十几个橘红色的木桶里摆放着各种各样的花。老板娘看上去四十多岁，当她注意到安芽儿时，一点儿也不惊奇。她笑盈盈地问："姑娘，走累了吧？在这儿坐一会吧。"

安芽儿犹豫了一下，老板娘说："没事，不买花也行。这儿人少，生意不好做，你就当帮我加点人气，行不？"安芽儿就坐下了。坐下时，她才注意到木椅上居然还放着棉垫子，软软的，暖暖的，像家里的沙发。

安芽儿看着远处，没有一点星光，没有一点月色，没有一点人影。那么荒凉的地方居然还有人在这里做生意，安芽儿感到很不可思议。她回头看了看老板娘，老板娘也正好看着她。她不好意思地低下头说："阿姨，这地方怎么会有人来买花呢？"

老板娘说："会有的……谁不喜欢花呢？"

安芽儿默默地看着桶里那些像笑脸一样的花儿，没有说话。

老板娘又说："姑娘，你不知道吧，这里出现过不少浮尸，大多是投河自尽的。很多人把这里叫作'邕江死亡角'，所以……"

安芽儿忽然打断老板娘的话："所以，你是要赚死人的钱吗？"

老板娘面色凝重起来，她从包里拿出一张相片，走到安芽儿面前递给她："姑娘，你看看，这是我女儿，她就是从这里走下去的，再也没有回来。我在这里等了她三年……"

安芽儿很意外，她后悔说出刚才的话，急忙道歉："阿姨，对不起，我不知道……"老板娘拉起她的手说："姑娘，你进来看看。"

安芽儿走进小木屋，她这才注意到墙上挂着好几束干花，每束干花上都附有一张卡片。老板娘指着其中一束说："这束花是一个叫小娟的女孩送给我的，她现在已经是一名教师了。还有这个，这是小卷送的，她现在考上了研究生。这个是小昊，他现在是一名警察。这个是小丁，他是一名工人，上周刚结婚……"

老板娘把墙上的花都数了一遍后，忧伤地说："如果那时……我的女儿也能在这里遇到一个等候她的卖花人多好呀！"

安芽儿似乎明白了什么。她低垂的睫毛闪动了一下，她想从这里逃出去，却迈不开脚；她想打开手机看看许诺，脑海里却闪现出憔悴的母亲；她想不管不顾地离开，却被眼前的一束光挽留。

这时，老板娘递给她一束花："人生就该像花儿一样，即使短暂，也要坚强地笑到最后，不是吗？"

安芽儿缓缓地接过花，一滴泪从她长长的睫毛里滴落下来。

那个夜晚，明明没有一点星光，可是在安芽儿眼里却看到了一束耀眼的光。那束光一直照耀着她，送她离开了那个叫"邕江死亡角"的地方。

◀ 有一些人

　　"有一些人，看似乐呵呵地在一起，其实都是假的！"

　　骆丹红举着酒杯，忽然说出了那么一句看似很有哲理的话。

　　郝苗苗把酒杯碰过去，有些意外地说："毕业三年，你才悟出这个道理，有点遗憾呀！"

　　陆者芯也附和："骆丹红，大学时，你错过了真心待你的伍佰万，爱上了假情假意的杜洛风，那时的你都还没领悟到这个道理，如今是谁改变了你？"

　　骆丹红呷了一口酒："情场失意，职场失望，都不是什么好鸟。"

　　郝苗苗感叹："还是大学生活好哇，当个诗人随意抒情，想干嘛就干嘛。"

　　骆丹红把手一挥："不——不好！我不要当诗人，我再也不当诗人了！"

　　手机响，骆丹红看了看，果断摁断，然后举着手机说："知道是谁吗？每天都坐我旁边的同事，叫什么左青天，还以为她真是天啊！天天叫我做这做那的，自己连个鸟都不是！"

陆者芯笑："骆丹红，好歹你也是我们学校的大诗人，怎么现在出口不是这鸟就是那鸟的了。"

骆丹红"啪"的一声摔下杯子："什么鸟？她也配当鸟？她鸟都不是。"

郝苗苗"呵呵"两声："说来听听，这个左青天到底是个啥，难道比你的前任杜洛风还渣？"

骆丹红大口地嚼着串串，说："左青天和我的顶头上司串通起来，盗取我的文案！那可是我花一个月想出来的！他们口口声声说我们是一个团队的，结果在我背后捅刀，太阴险了。"

陆者芯抓了一把瓜子放在手里，嗑一颗吐一颗，忽然又停下来问："你那个文案我之前有看过呀，没啥新意嘛，还用得着盗？"

"那是初稿，好吧！你觉得我会把定稿给你看吗？那么重要的文件。"骆丹红气呼呼地说。

郝苗苗附和："就是，商业秘密能随便给你看的吗？"

陆者芯点点头："也是，我们同窗四年，友情归友情，职场规则还是要懂的。"陆者芯举起杯："来，碰一个，不想那些糟心事。"

骆丹红又喝下一杯，头有些沉："我那文案的灵感还是伍佰万给的。"

郝苗苗："你的前——前——任？"

骆丹红点点头："大学时吧，总觉得伍佰万的名字太俗，一个理工生也肯定不懂什么诗和远方，但他的真诚与阳光确实吸引了我……"骆丹红又喝下一口酒："后来是我不对，我爱上了杜洛风，其实，他看上去只是符合了我对一个诗人的幻想，但他骨子里藏着一肚子俗得烂透的坏水……"

陆者芯敲敲桌子，提醒道："往事不堪回首，咱还是说说你的灵感是怎么被伍佰万激发出来的？"

骆丹红拿出手机，打开伍佰万为她建的公众号："你们看——用伍佰万来守护你，多有诗意的名字呀！这就是最浪漫的策划！"骆丹红举起杯又喝起来，她有些忧伤地说："我和伍佰万分手后才知道，他为了满足我当年想出诗集的梦想，悄悄建这个公众号攒钱，为的就是帮我出诗集。而这一切，我都不知道！"骆丹红有些激动，她忽然站起来："我的文案，就该这样，我不要那些虚情假意的花里胡哨，我要的就是这样真诚的，出其不意的浪漫。"

郝苗苗也有些激动："所以，你的婚礼策划案是如何出其不意的？"

骆丹红："我结合男方和女方的故事，设计了一个最真诚，最浪漫的婚礼……我把……"骆丹红看到陆者芯也站了起来，一双期待的眼睛正盯着她，她忽然把话吞了回去，"灵感就是这样来的，出其不意的部分你们大胆推测吧，哈哈哈……"

陆者芯和郝苗苗有些失望，郝苗苗抓起串串撸起来："没意思，吊我们胃口。"

手机再次响起，骆丹红看了看，这回是她的顶头上司梁尚，骆丹红想了想，按下了接听键。

梁尚说："小骆呀，我知道你对我没有采纳你的方案抱有情绪。其实呀，左青天的文案也有你的功劳，毕竟都是一个团队的，大家互相帮助互相提携，才能共同进步呀！"

骆丹红一时不知道说什么，她想大声澄清：那不是左青天的方案，那是我骆丹红的文案！但她又不想被离职，她在左右摇摆之间，忽然又冒出来那一句："有一些人，看似乐呵呵地在一起，其实都是假的！"说完，她抓起背包，向陆者芯和郝苗苗摆摆手说："同学们，再见，今晚结束了。"

骆丹红摇摇晃晃地向黑夜走去，渐渐地消失在远方。

陆者芯和郝苗苗相视一笑，陆者芯说："她是不是看出我们在套她的话。"郝苗苗说："那又怎样呢？职场就这样，把客户挖回来，我们就赢了。"

◂ 又丢了一个伍佰万

　　骆丹红从楼上走到楼下，又从楼下走到花园，如此往返了几回，竟不知自己要做什么。高档的装修，精美的装饰，漂亮的花园，她简直就是住在一座皇宫里。然而，这到底是皇宫？还是冷宫？她有点分不清。

　　忽然，她停在了厨房里，她觉得自己应该做一些有意义的事情。

　　保姆张姨走过来，轻轻地说："王太太，您是不是肚子饿了，我给您弄点吃的。"骆丹红摇摇手说："不，今天我想自己弄。"

　　张姨给她系上围裙，小心翼翼地说："王太太今天想做什么呢？我给您准备材料。"

　　"张姨，你去花园忙吧，你不用帮我。"骆丹红淡淡地说。

　　骆丹红想起小时候妈妈给她做的鸡蛋面，洁面的面，淡黄中透着白的荷包蛋，三四片绿菜，几根小葱，几滴香油，简单好看，香气扑鼻。她决定也要做一碗这样的面，煎蛋、煮面、烫青菜、撒葱花……只是几个简单的步骤，骆丹红却做了很长时间，不是她不会做，而是她不想那么快结束这个过程，一天太漫长了，她不知道有什么事可以值得她去做。

吃面的时候，她又想起了小时候，五个姐妹挤在 20 来平方米的小房子里抢面吃的情景，热火朝天，热气腾腾，热闹非凡，那时她不懂这叫快乐，现在才明白快乐其实就是那么简单，一碗面，一群合得来的小伙伴也可以快乐大半天。

骆丹红夹起面放进嘴里，慢慢地咀嚼，像一个等待死亡的老太太。

接下来，要做什么呢？骆丹红又开始往返楼上楼下和花园，窗外是青山碧水，窗内是佳人寂寥。她觉得应该写一首诗，大学时她可是一名女诗人，她坐在书桌前，拿出纸和笔，想了许久，提笔写了下来。

无题

阳光……

是遍地的金子，

去捡，碎了，

不捡，心如潮水。

就看着吧，

或许，

那才是自己的。

骆丹红读了一遍自己的诗，笑了，她觉得大学时的自己又回来了，她拿起刚写好的诗，在房子里转起来，一圈，两圈，三圈……

她一个趔趄，摔坐在地板上，诗落在了窗下的光影中，一切看上去那么平静，那么可爱。

她想把这个画面拍下来，发到朋友圈里，可是想了想，她又打消了这个念头，朋友圈里还有几个真朋友呢？发出来，除了赞美还是赞美：王太太果然是个大诗人、丹红变成王太太后还是那么浪漫可爱、不忘初心永远美丽的丹红、写得太好了、简单而富有哲理……

夜里 12 点，王承回到家，脱下笔直的西装，换下真丝睡衣，看了一眼呆坐在梳妆镜前的骆丹红，淡然地说："怎么还没睡。"

骆丹红说："我想起了我们的相遇。"

王承说："还没想够？都三年了。"

"算命地说我会嫁个贵夫。果然，一个偶然就嫁了个伍佰万。"骆丹红转头看了一眼王承，他没有理会骆丹红，正对着手机痴笑。

骆丹红自顾自地说起来："还真得感谢我的前任伍佰万，要不是你长得像他，我不会给当时装扮成乞丐的你捐两千块，那可是我将近一个月的工资！"

王承对着手机说："所以说你幸运啊，当时不知多少女人想嫁给我。"

骆丹红拿起梳子梳了梳头发："幸运吗？"

王承指着手机屏幕："这些女人，哪个不是为了钱才想嫁给我？要不是看你对钱没什么欲望，我也不会要你。女人哪，太爱钱不好。"

骆丹红一根筋起来："我也爱钱呀，谁不爱钱呀。可是就算是如今，嫁了你这个伍佰万也不开心……"

王承没好气起来："你去外面问一下，哪个不羡慕你……"王承把手机摔到骆丹红面前，"我就是在外面玩玩而已，她们永远不可能成为我老婆，这就是你的成功之处，你懂吗？你不要太贪心了！"

骆丹红住了嘴，默默地走出了房间。

站在阳台上，看着远处若隐若现的星，她又想到了大学时的男友伍佰万，那个深深地爱着她的阳光少年，他在哪里呢？在骆丹红心里，他才是自己的伍佰万，只是，年轻的她把他弄丢了。

一滴雨忽然飘进她的眼睛里，她吓了一跳，那么冰，那么凉，像她的泪。她索性闭起了眼，让那风，那雨，那沉没的星河全部装进自己的脑海里，她对自己说："一个女诗人，何必留恋眼前的荣华富贵呢？你不要太贪心了！"

半夜，她走进书房，悄悄地在事先拟好的离婚协议书上，签上了自己的名字。

◀ 改　变
···············

骆丹红 45 岁的时候，她的儿子王梓豪 15 岁。

15 岁的王梓豪完全继承了骆丹红的性格，清高，自命不凡。网络游戏里他是叱咤风云的高手，现实生活中他是阳光叛逆的少年。在他眼里，他的一切都是对的。

然而，同样自命不凡的骆丹红依然有信心改变他。

紧闭的房间里又传来王梓豪撕心裂肺的杀敌声，骆丹红在门外来回踱步，根据以往的经验，这个时候进去肯定会被他推出门外，并迅速反锁。只要他反锁，这一整天就别指望有机会再进他的房间了，所以骆丹红不能贸然行动。

骆丹红等呀等呀，直到厮杀声停息下来后，她才敲响他的门："梓豪，妈妈给你送好吃的来了。"里面没有任何声响，她打开门，见他正在写作业，骆丹红笑了笑，想夸他几句，犹豫了一下，没夸出来，默默地放下水果出去了。

然而，刚出门，厮杀声又响起来。骆丹红厌恶地皱紧了眉头，她想马上进去禁止他，准备拉开门的那一刻，她想起了之前的无数次争吵。

"玩那么久，也该停了。"

"我想玩就玩，反正我保证写完作业就行。"

"按你这样，能考得上大学吗？"

"你读了大学又怎样？还不是要事业没事业，要婚姻没婚姻！"

类似这样的唇枪舌剑不知发生过多少回了，但败下来的永远是骆丹红。

骆丹红气冲冲地回到自己的房间，关门，反锁，拿出手机，下载游戏。在游戏里，她给自己找了一个很阳刚的男人头像，安了一个叫"有本事你打赢我看看"的名字。她不声不响地日夜练习，练得老眼昏花，练得月经紊乱，练得气血亏虚。终于，千辛万苦后，她从一个游戏小白变成了一名游戏高手。

她开始找王梓豪挑战，几个回合，果然赢了。王梓豪越战越勇，骆丹红开始提条件："我赢的话，你读英语40分钟。我赢的话你写40分钟作业。我的赢的话你就煮一顿饭……为了避免尴尬，拍视频可以不露脸哈！"

一次，两次，三次……输多了之后，王梓豪厌倦了，他不愿再找她玩，骆丹红有些急，急忙Q他。

"怎么不敢玩了？"

"没意思，你像我老妈一样，整天叫我做我不喜欢的事。"

"你有本事打赢我，也可以提条件呀。"

王梓豪最讨厌嚣张的人，一气之下："谁怕你，再来！"

为了避免王梓豪由于失败过多，厌倦和她玩，骆丹红故意输了两场，王梓豪狂妄地笑，狠狠命令道："我要以其人之道，还治其人之身，你！读英语40分钟！你！写作业40分钟！为了避免尴尬，拍视频可以不露脸哈！"

这样玩了大半年，骆丹红终于败下阵来。当然，败的不是她的游戏，而是她的身体，她的眼角膜出现了破裂，再也不能陪儿子玩游戏了。做眼角膜修复手术的时候，王梓豪坐在手术室外等，他耷拉着脑袋，像一条疲惫的狼犬，等了许久，医生终于出来了。

"医生，我妈妈眼睛怎么样了？"

"还好及时发现，再拖下去，失明的可能性很大。"

"谢谢医生。"王梓豪激动地说。

"不能再让你妈妈玩游戏了，尽量少看手机和电视。"医生嘱咐道。

王梓豪愣了一下，过了许久，才说："我妈妈只喜欢写诗，她不喜欢玩游戏。"

医生已经走远了，他看着被推进病房的骆丹红，心底不禁颤了一下，他拿出手机，看着那个叫作"有本事你打赢我看看"的高手发来的视频。视频里，那只写作业的手看上去不年轻了，青色的手筋有些明显，右手背上有几颗淡淡的色斑。

王梓豪匆忙走进病房，抓起骆丹红的右手反复看了又看，似乎看出了什么。他有些生气，本想责怪她几句，但看到眼前的骆丹红紧闭着眼睛，眉头紧锁，几根银丝从额角边滑落下来，他又把话吞了回去。

王梓豪说："老妈，你疼吗？"

骆丹红咬咬牙说："没什么，这点疼还能承受得住。"

王梓豪不知再说什么，他看看桌上的苹果，说："我给你削个苹果吧。"

骆丹红却说："抽屉里有我写的诗集，你给我念首诗吧。"

王梓豪拉开抽屉，拿出了那本《萧萧何处了》的诗集，那是骆丹红大学时期写的一本诗集，她一直希望自己的儿子也有着与自己一样的爱好。

王梓豪拿着书，翻了又翻，他不知道要念哪一首。过了一会儿，他索性关起书，说："老妈，其实，我也写了一首诗，你听听我的诗吧。"

骆丹红很意外，嘴角不经意地一扬，像久违的弯月亮。

◀ 当我们老了的时候

斜阳缓缓地往下沉，似快似慢。天边像烧起来一样，红中透着黄，热烈而执着。然而，这火焰又被更广阔的天慢慢消去，渐渐淡下去，像即将走完的人生。

骆丹红看着远处的夕阳，心里一股莫名的惆怅油然而生。她拿出手机想给远在北京的儿子打电话，刚拨出号码又立即按断了，儿子这时候可能还在加班，哪有时间打电话呢？她又想给几个好姐妹打电话，想了想，算了吧，她们身体也不行，糖尿病的、高血压的、中风的……骆丹红想，人固有一死，有啥可怕的，怕的就是疾病缠身罢了。

夕阳即将完全沉下去。骆丹红的思绪并没有沉没，她又想到了自己的初恋——伍佰万，那个一心爱着她，却被她错过的男子。她这一辈子遇见的人真不少，熟悉的，陌生的，来了又去，去了又来，生生不息。骆丹红安慰自己，即使不能拥有又怎样呢？当大家老去，都是一样的，老去的时光总是孤独的。

骆丹红慢慢地起身，慢慢地走下石阶，慢慢地穿过斑马线，走进小区里，她看到小区里有很多老人，她们有的孤单地坐在树下，有的三三两两聊着天，还有的慢悠悠地跟在刚会走路的孙子后面。

不远处，小当奶奶正向她招手，骆丹红走了过去。小当奶奶说："老骆啊，听说你是一个诗人？"骆丹红笑起来，满脸的皱纹挤在一起，像天边快乐的云堆，她没想到还有人记得她曾经是一个诗人，骆丹红说："谈不上什么诗人，就是年轻时写着玩。"

小当奶奶乐呵呵地说："反正你现在也是孤身一人，无聊得很。我们组织了一个小团队，计划周末去养老院和老人们聊聊天，我们很希望你这样才华横溢的诗人也能参加呀！"

那个星期六，天空没有一丝云，洁净得如一张纸，骆丹红穿上那件她许久未穿过的棕色针织连衣裙，外面披了一条白色的长流苏围巾，黑色挎包里放上了大学时写的诗集《萧萧何处了》。这种久违的期待似乎很久未曾有过了，或许是一个人的日子太孤单了，有个什么活动，心里就澎湃不已。

骆丹红随着大伙一起走进养老院，养老院建得朴素典雅，棕色廊亭，白色小院，绿色小植，粉色小花，是她喜欢的格调。院长伍小媛，是一个四十来岁的女子，笑起来很温和，她带大伙穿过大堂，来到了会客厅，养老院的十几个老人已经坐在里面等待她们的到来。

大伙一到，老人们都情不自禁地看着她们笑，不一会儿，大伙就聊得热火朝天起来。小当奶奶说："老骆啊，你给我们读一首你写的诗吧，咱们虽老了，但生活不能老，该文艺的还是要文艺的。"

刚说完众人就鼓起掌来，一老人接着话说："老骆，你来对了，我们老院长特别喜欢读诗。"

小当奶奶疑惑道："老院长是？"

"是我爸爸。"院长伍小媛说，"我爸爸大学毕业后就去了国外，三年前，我妈妈去世了，我爸爸执意要回国建一个养老院……"正说着，一个老人就走了过来，伍小媛喊道："爸爸，你现在才来呀，大家都到了。"

骆丹红看过去，瞬间有些恍惚，眼前这个人多么熟悉呀！老院长当然也注意到了她，两人互相对视了许久。终于，他缓缓地走过来，握着她的手说："你好，我是伍佰万。"

骆丹红眼睛湿润了，她艰难地笑着："你好，我是骆丹红。"

在回程的车上，骆丹红又看到了那美丽的夕阳红，那么美，那么艳，那么短暂。当夕阳完全落下的那一刻，骆丹红拿出笔写下了一首新诗。

无题

当我们老了的时候，

不要固执地认为，

只有夕阳属于我们。

其实，

只要心中有梦，

我们就拥有整片天空，

无关岁月。

小当奶奶看到骆丹红写的诗后，热情地读起来。

有人笑问骆丹红："老骆，你那么老了还有啥梦想？"骆丹红也不遮遮掩掩，扯着嗓门喊："追回我的初恋——伍佰万！"大伙一顿大笑，小当奶奶瞪眼瞧她："老不正经的，哈哈哈，不过我们……"众人立即接话："帮你——"说着，大伙就开始热聊起如何帮骆丹红追回初恋的计划，听着大伙笑声此起彼伏，看着车外星光悄然绽放。

骆丹红忍不住给伍佰万发了一条信息：我们老了，还能有梦想吗？

伍佰万回她：你在，梦就在。

一束光的力量

◀ 夜幕下的希望

地铁像一条疾速的长龙，在夜色里穿行。车厢很明亮，写小说的男人就坐在里面。他靠着扶杆，斜着脑袋，一副终日沉醉的样子。

写小说的男人从小说构思中走出来，是因为对面传来的"哎哟"声。那一声"哎哟"之后，继而"当啷……"的声音又传进写小说人的耳朵里。声音停止之后，发出"哎哟"声的女人开始弯着腰，向写小说的男人走来。地板还算干净，即使女人不弯腰，也完全可以看得到掉在地板上的东西。写小说的男人就看到了，那是一枚硬币。

但是写小说的男人并不去注意那枚硬币，他注意的是走过来的女人。这是个看上去很普通的女人，五十多岁的年纪，头发中掺杂着几根白丝，眼角的细纹有些明显，一身普通的蓝色工作服已经洗得发白。女人捡回了硬币，欣喜地说了句："还好没丢。"之后就又坐回到原来的座位上。

写小说的男人的思维随着眼前的女人开始构思。或许她是棉纺厂的女工，今天上的是晚班；她的生活应该比较拮据。可是，她面色还算好，并没有显得十分憔悴。也或许她是厂里的小组长，有点权力，工作上相对也轻松一些。而且她这个年纪，孩子应该也长大了，生活虽然不富有，但已经没有了负担，所以内心应该还是健康快乐的。

女人下车的时候，写小说的男人也下车了。

夜色下的怀河城显得格外美丽，柔和的灯光把一切黑暗都驱散了，像是给城市披了一层旖旎的面纱。

出了地铁站，女人很快地融进了夜色里。她走得并不快，有时还会停下来张望一下路边的垃圾桶。写小说的男人马上意识到她可能要拾废旧。果然，女人从包里拿出了一个略显破旧的塑料袋，又拿出一副手套套在右手上。她朝垃圾桶走去，像所有拾荒人一样，拣出了几个塑料瓶，她很满意。

女人就这样，一路走，一路捡。

写小说的男人不想就此停止自己的构思，他情不自禁地跟在了女人后面。他一路在脑海中编织着关于这个女人的故事：或许她是个勤劳节俭的人，虽然生活不富裕，但总能从生活的点滴中找到乐趣和满足感。那些塑料瓶在她眼中，或许就是一笔笔小小的财富，能够为她的家庭带来一丝温暖和希望。

女人穿过几条繁华的街道，最终来到了怀河大酒店前。这是家五星级大酒店，灯火辉煌的大堂里人来人往。女人站在门口，目光中带着一丝迷茫，她似乎在想象着里面人们的生活。然而，她并没有走进大堂，而是选择坐在了大堂外面的石阶上。

写小说的男人在不远处静静地观察着，他的心中充满了更多的猜测：这个女人或许有个在这里工作的亲人，她来这里是为了看望他们；又或者，她曾经梦想过能在这里举办一场盛大的宴会，如今只是来感受一下这份奢华的氛围。

女人在石阶上坐了许久，她的眼神时而望向远方，时而低头沉思。终于，一辆豪华奔驰车缓缓驶来，停在了她面前。从车上下来一个年轻的小伙子，他身着名牌服饰，手腕上戴着一块闪闪发光的名表，显得阔绰而自信。女人见状，立刻拿起手中的塑料袋，快步上前与小伙子交谈。然而，令人惊讶的是，她突然扑通一声跪了下来，双手紧紧握住小伙子的手，眼中充满了期待和愧疚。

写小说的男人看到这一幕，心中充满了震惊和不解。他开始猜测：这个女人或许遇到了什么难以言说的困境，她是在向这个小伙子求助；又或者，这个小伙子是她失散多年的亲人，她是在用这种方式表达着内心的愧疚。

小伙子不满地扶起女人，他们低声交谈着。女人唯唯诺诺的样子，让写小说的男人再次确认了自己的猜测。

随后，小伙子领着女人走进了豪华的酒店里。

写小说的男人愣在原地，女人接下来会发生什么呢？写小说的男人的灵感，忽然被眼前的黑夜吞噬了一般，有些茫然不解。

一个月后，写小说的男人在百无聊赖之下打开了许久未开过的电视。闪入眼前的，竟然是那个夜里拾荒的女人。女人坐在"把希望留给你"的直播间里，电视里的她化着淡雅的妆容，穿着白色衬衫和黑色西裤，看上去年轻了几岁。主持人问她："董总，你白手起家，如今好不容易把宏辉公司做得那么大，却要把它转给毫无血缘关系的兰总，对此，您的儿子有什么看法？"

"他不同意。"女人平淡地说。

"可是，你还是这样做了，为什么？"

"如果我把现成的财富直接给他，那他就不会珍惜，不会努力。"女人说话时眼里闪着光亮，虽然语言质朴，但一字一句中充满了力量，"所以我宁愿选择把希望留给他，希望他通过自己的努力，像我当年一样，一步一个脚印地去积累自己的财富。"

"所以，你对他既抱着希望，又带着几分愧疚，是吗？"

"是吧。"女人沉思了一下，"作为母亲，我确实对不起他。但，也是作为母亲，我更要对他负责。"

写小说的男人看到这里，蓦然开朗起来。他一直以为小说源于生活而高于生活，但如今看来，生活高于小说，也不是不可能的啊！

◀ 旋转的舞台

    米雪儿往舞台上一站，成就感便油然而生。这样的成就感随着耀眼的灯光不断增强，直到掌声雷动时达到顶峰。

    痴迷于舞台的米雪儿，身高一米五八，穿上高跟鞋，顶多增至一米六三。她长着一张圆圆的脸，略显苍白的皮肤下显得有些浮肿，眼睛不大，但很传神；嘴巴粉嘟嘟的，看上去还挺可爱。这样一个米雪儿并非主持人出身，她学的是市场营销，负责公司的营销策划。但因为米雪儿能说会道，表达能力较强，主持工作也做得十分出色，所以只要公司需要用到主持人，都会首选米雪儿。

    在舞台上站久了，米雪儿极度迷恋舞台带来的成就感，她觉得自己越来越离不开舞台了。

    这天，公司组织到贫困乡进行实地拍摄。大家看到金鸡村的贫困小学时，都不禁感慨起来。那所谓的小学，不过是一间由黄土垒起的教室。此次拍摄是秘密进行，没有惊动任何人，拍摄时教室里的老师和学生们以最原始的姿态展现出来。

讲课的老师叫陆桑，是个三十多岁的女人，很瘦，剪着短发，脸色暗沉，有几分疲倦，但眼神里依然有光。教室里的学生不多，二十来个，三个学生共用一张桌子、一本课本。

"春眠不觉晓……"老师的声音从教室里传出来。

"春眠不觉晓……"继而，学生的声音接上来。

一首诗朗诵完后，老师清了清嗓子，顺手拿起水杯喝了几口。

一个学生叫起来："陆老师，你嗓子不好使，以后就别站在讲台上了，到下面来吧，我们围着你上课，这样你就不用那么大声了。"

"是啊！陆老师，你下来讲吧。"另一个孩子又说道。

"是啊！是啊！下来吧！陆老师，下来吧……"孩子们都开始劝老师。

陆老师走下讲台，讲了一会儿，她又要走回讲台写粉笔字，写完粉笔字再走下来给孩子们讲课。就这样，她在讲台上和讲台下不停地往返。

下课的时候，有个孩子说："老师，我长大了也要像你一样，当一名老师。"

"为什么想当老师呀？"老师笑眯眯地看着这个孩子。

"老师上课时就像在舞台上表演一样，多神气呀！"

"而且老师的舞台还会转呢！"另一个孩子忽闪着眼睛说，"别人的舞台只能在台上表演，老师的舞台还可以在台下表演！"

"是啊，是啊，老师的舞台会转！"大家也凑过来讲开了。

"因为老师的舞台会转，所以我们的生活才转得起来。"一个扎着羊角辫的孩子叫道。

"所以我们的生活转得有希望了，这是我妈妈说的！"另一个女孩也叫道。

陆老师若有所思地看着这些天真的孩子，缓缓地说："每个人都有自己的舞台，只要你们努力学习，以后你们的舞台会比老师的更漂亮！"

看着眼前这一幕，米雪儿心里有几分难过，又有几分温暖。她觉得同样是站在舞台上，可是她的舞台却少了点什么。

回到公司，米雪儿继续在自己的舞台上发光发热。

然而，一年后，这个舞台终究还是要换人了。毕竟观众也需要一些新的面孔，而且比米雪儿漂亮的主持人实在太多了，公司没有理由拒绝这些更优秀的人选。没有了舞台，米雪儿像换了个人似的，生活变得索然无味，策划工作也无心打理。领导看到米雪儿一副懒散的样子，下了最后通牒："如果再不把年底的方案弄好，走人。"

夜深人静时，米雪儿忽然想起了金鸡村的陆老师，她想去看看陆老师，想知道一年过去了，陆老师的舞台是否有变化。

后来，她就开着车去了。

黄土教室已经被推平，起了一幢教学楼，有模有样的。

米雪儿正站在操场上看得出神，突然一群学生从教室里冲出来。

"在厨房呢，快！"一个孩子嚷道。

一个女孩子忍不住"哇哇"地哭起来："我们的陆老师不会死的，绝不会！"

"对！不会，不会……"其他学生也被煽动起来了。

米雪儿的脚步紧跟过去。

来到一间厨房里，她看到老校长站在陆老师旁边，神情黯然。陆老师躺在折叠床上，面色苍白，嘴巴隐隐在颤抖，眼睛却带着微笑。她看到孩子们蜂拥而来，她张着嘴想说些什么，却说不出来。

孩子们一个个掩面而泣，陆老师手里攥着一张纸。她吃力地把手伸起来，一个孩子接过她的纸，然后夹着哭声念道："我的舞台是一个旋转的舞台，从讲台上一路转下来，最后转到厨房，我知足了！希望你们以后有更广阔的舞台！"

陆老师的手落下来的时候，眼睛也永远地闭上了。

孩子们"哇"的一声大哭起来，那哭声响彻云霄。

米雪儿后来才知道，陆老师当年就已经患上了癌症。下了讲台的陆老师主动申请去厨房为孩子们做饭，她说："厨房也是我的舞台，我有一个旋转的舞台，只要能为孩子们做点事，到哪里都可以，到哪里都是一个舞台。"

目睹了这一切后，米雪儿默默地离开了金鸡村。一路上，她想着一个问题：自己是不是可以接替陆老师的舞台！想着想着，她就忍不住哭了，那泪水不知是因为陆老师，还是因为她的想法。

后来，金鸡村来了一个新老师，她叫米雪儿。

◀ 在城市的屋檐下

　　余北北两只手撑在窗台上，下巴扬起45度角，从逼仄的楼间距中，她看到了头顶上那一片瓦蓝瓦蓝的天空。是冬日，正是旧历新年，离立春还差四天。这个特殊的日子，连天空也显得与众不同，南方的小城，居然能有如此"火热"的冬天。

　　可是，同样是小城里的马嗒嗒，怎么还是那副样子呢？他对得起这座火热的城市和天空吗？

　　余北北有点按捺不住了，下巴忽然间就放低了15度角。此刻，她的目光直射向对楼的9015室。

　　短信又来了，从昨天的除夕之夜到今天的大年初一早晨，这些短信就像从笼子里放飞出来的小鸟，扑棱扑棱地飞了过来。有明恋过她的，有暗恋过她的，也有不少是半明半暗地恋过她的。细数下来，除去亲朋好友的短信外，这些"非同寻常"的短信高达50多条。

　　咳！好像她余北北是一棵大树，树上有楼房、有食物、有鲜花、有美酒，还有一座城。可是，这些鸟儿真是找错了对象。虽然她承认她可以是一棵树，而且树上还可以有楼房、有食物、有鲜花、有美酒，甚至一座城，但这一切不是什么鸟儿都可以享受得到的。当然，如果马嗒嗒说一声"给我吧！"，她余北北或许会动摇。

可是，马嗒嗒还真是个马嗒嗒！他除了会"嗒嗒"地吃饭，"嗒嗒"地跑步，"嗒嗒"地工作，"嗒嗒"地沉思，他还会什么呢？余北北为自己给马嗒嗒起的这个花名而感到满足，他就是一匹马嗒嗒！就是！就是！她永远不会叫他马向南。

余北北又想起了大二时的那次联欢晚会。晚会过程中安排了一个互动游戏：男同学以抽签的方式为自己选择一个"对象"，当音乐响起时，男同学必须向"对象"做真情告白，直至音乐停止方可结束。很巧的是，马嗒嗒的"对象"正好是余北北。这个抽签结果公布之后，中文系里一大群男生立即呈现出万念俱灰、望眼欲穿、愤愤不平之态。余北北可是中文系的系花啊，有姿有色有才，而且，还有点财。谁不对她"图谋不轨"呢？可这个"便宜"偏偏让相貌平平、不苟言笑的马嗒嗒给占了。

马嗒嗒终于上场了。当所有男生都在滔滔不绝地向自己的"对象"倾诉绵绵情话或者豪言壮语时，马嗒嗒在干什么呢？所有人都想不到，马嗒嗒一个字也没说，他只留给了余北北一个很冷酷的眼神，然后，跑了！他那"嗒嗒嗒"的脚步声从舞台上响到了礼堂的外面。

那时的他就像一匹马，是的！一匹冷傲的马！她喜欢这样与众不同的马嗒嗒。这是后来余北北对马嗒嗒的深刻定义，并且这个定义一直延续到了今天。

终于毕业了，所有曾经明恋过她的、暗恋过她的，还有那一群半明半暗地恋过她的男生都陆陆续续地和她挥手告别。谁都无法理解像余北北这样优秀的女生为什么要选择这么一个没有特色、没有发展前景的小城。

只有余北北自己知道，因为马嗒嗒在这里。

余北北后来问自己："你爱他吗？他有什么地方可爱的？"后来一想，又对自己说："不对！你在恨他，你在报复他。像你那么优秀的女生，那么多男生拥护和追求的女生，马嗒嗒居然不把你放在眼里，你真是颜面扫地，你还配当什么系花？所以，你追来了，像马'嗒嗒'地跑步一样追来了，你要让他主动追你，像那些明恋你的男生一样追你，用甜言蜜语、用风花雪月来追你。"

余北北住在19栋的9015室，马嗒嗒住在20栋的9015室，两人近在咫尺，却又远在天涯。

此刻，阳光更明媚了，从逼仄的楼间距中斜射下来，落在余北北的窗口上。余北北眯缝起眼睛，她知道马嗒嗒也没回家过年。所以，20栋9015室里的身影，除了马嗒嗒还是马嗒嗒。

从早上8点钟开始，余北北就开始趴在窗台上看了。马嗒嗒是8点22分起的床，9点钟泡的方便面，9点24分看的手机，一直看到现在，现在10点08分了。

余北北终于决定要给马嗒嗒发短信。她想了很久，不知说点什么，最后，索性开门见山地发去一条："马嗒嗒，给你两个选择，一，你立马过来！二，我立马过去！"

五分钟后，马嗒嗒还没回复。余北北就又发去一条："你就那么讨厌我？"

　　许久后，马嗒嗒终于回复了："因为自卑，所以一直在逃避，你信吗？"

　　五分钟后，余北北没再回复。马嗒嗒又发了一条过来："同在一座城市的屋檐下，虽然我们的物理距离很近，但心理距离却很远。因为，我是一匹自卑的马，而你是一只惊艳的狐狸。"

　　余北北终于笑了。余北北觉得这匹自卑的马和这只惊艳的狐狸真正走到一起后，马一定会变得自信起来。

　　余北北立即回复："恭喜你，马年马上有对象！"

◀ 关一盏灯

　　顾希桠的儿子菲林十岁了，被大家视为神童。他三岁便能背完唐诗三百首，五岁便能把所背的诗一一写下来，七岁的时候，菲林已经能把加减乘除运用自如了。

　　人人都羡慕顾希桠有那么一个绝顶聪明的儿子，可是顾希桠却不满足，执意要用高薪给菲林聘请一位家庭教师，她希望这位家庭教师能让自己的儿子快乐成长。

　　招聘信息贴出来后，各界名师、硕士、博士等都前来应聘。大多数应聘者并不仅仅是冲着高薪而来的，他们认为，给神童当老师不但可以提高自己的知名度，还能为神童菲林创造出更耀眼的光环。这无疑是一件让人无比振奋的事。

　　第一个来应聘的是 A 博士。A 博士的资历渊博，阅历深厚。当顾希桠问他将会采取什么样的方法教育菲林时，A 博士说："从菲林目前的情况看，他的智商已经达到中学生的水平。我会根据他的领悟能力，循序渐进地给他传授关于物理与化学方面的知识。

如果接受得快，我希望他能在十二岁以前掌握中学生的所有课程。我相信，像菲林这样的神童，只有徜徉在知识的海洋里，才会感受到真正的快乐。"

第二个来应聘的是 B 研究生。B 还是一个在校研究生，看到菲林时，就迫不及待地给菲林戴上了博士帽。B 对菲林说："小菲林，将来想当博士后吗？"菲林说："不，我想当一名海警，我要保卫钓鱼岛。"B 微微笑了一下："嗯，菲林还是个爱国人士呢！可是，我们没有知识是保护不了钓鱼岛的，没有知识，我们连一门火炮都制造不出来。"菲林若有所思地想了想，然后点头道："我有很多知识。"B 研究生说："还要有更多的知识才行。"菲林说："当然，我会的。"而后，B 便对顾希桠说："我教育菲林时，不会把知识生搬硬套地灌输给他。我会先成为菲林的朋友，让他在朋友的氛围里学习成长，这样他一定会快乐起来的。"

第三个来应聘的是 C 高管。C 已经毕业两年，在一家外企工作，并且通过自己的努力还爬上了高管的位置。面对菲林时，C 信心百倍地对顾希桠说："菲林的接受能力超出常人，在教育上自然也不能采用常人的教育方式。我认为，教育菲林应该从两个方面入手：一方面是理论知识的学习，另一方面是社会实践的涉及。光有知识不行，还要有创新力、社会实践能力。在实践方面，我可以通过我所在的外企环境给他创造一个平台，让他从小踏入社会的舞台，和我们一起成长、学习，并且工作。理论结合实践的学习方式可以更轻松、更快乐。"

随后的很长一段时间里，许多人才接踵而至，他们对自己的教育计划也都罗列得井井有条，目的就是使菲林能够在短时间内掌握到更多的知识与技能，绝不辜负其"神童"这一称号。然而，尽管人才济济，却没有一个符合顾希桠的要求。人们为此纷纷议论开来，有人说顾希桠对菲林太严厉了，有人说她望子成龙心切，更有人指责顾希桠没有尽到一个母亲的责任，责问她为什么自己不去教育孩子呢。

虽然招聘工作进展得并不顺利，但顾希桠并没有放弃。直到两个月后，邻居家的十二岁女儿贝丽前来应聘。平时菲林和贝丽有时候会在一起玩，两人算得上是朋友。贝丽一进来就对顾希桠说："阿姨，我想告诉你的是，其实菲林并不是什么神童，他不过和我们一样，是个会尿裤子的孩子。"贝丽的话使顾希桠眼前一亮。顾希桠问她："那么，你是来当他的老师的吗？"贝丽说："是的。"顾希桠又问："你要用什么方法把我们菲林教育好呢？"

贝丽忽闪着一双乌亮的眼睛说："我会给他关灯。""关灯？"顾希桠不明白。贝丽就又说："你知道菲林尿裤子时的样子是怎样的吗？"顾希桠说："你讲给阿姨听。"贝丽没有讲话，只见她两只手慌张地捂着脸，而后退缩至角落里，并且浑身剧烈地战栗着。表演完毕，她又走向顾希桠："阿姨，当时菲林不过是尿了裤子，可是我们大家都觉得他的反应过于激烈了。"顾希桠点点头，又问道："那么，你打算怎么帮他呢？"贝丽想了想又说："我觉得菲林被套上'神童'这样的光环太耀眼了，我们应该要给他关盏灯。关了灯，他的童年就回来了，他就不会因为尿裤子这样的小事而显得如此慌张了。"顾希桠一听，立即决定请贝丽当菲林的老师。

有了贝丽，菲林身上的光环就完全被忽略了。玩游戏时，贝丽会很真诚地指出他的缺点，她还会和菲林说许许多多的关于孩子们的有趣故事："瞧，菲林，你用积木搭的房子有些小哦，连只苍蝇都飞不进去。""菲林，昨天我妹妹也尿裤子了，和你一样哦。""菲林，你的手真脏！""菲林，你愿意和我一起飞上月亮看嫦娥吗？"菲林久违的稚气终于又迸发出来了，顾希桠会心地笑了。

其实，人生路上并非只需要光环。耀眼的光环下，往往会掩盖掉一些细微的美好。这时候，我们需要关一盏灯，安静下来！让那些美好回归到它本该有的地方。

◀ 他的世界

　　他一定是太着急了，还未等上帝把他的双腿塑造好，他就急匆匆地从母亲肚子里跑了出来。来到人世后，他才发现这个世界原来是如此无奈。

　　他的父亲在他出生后不久就摆脱了他，他是在母亲的脊背上度过整个童年的。母亲在田里劳作时，他就看到了金黄的麦田；母亲在菜园里浇灌时，他就看到了绿油油的蔬果；母亲在集市上叫卖时，他就看到了熙熙攘攘的人群；母亲在孩子中间奔跑时，他就看到了自己快乐的童年。

　　渐渐地，他长大了，母亲的脊背已无法再承载他。于是，母亲买来一辆板车，天天拉着他出去。他的世界和母亲息息相关：母亲看到什么，他就看到什么；母亲听到什么，他就听到什么。唯独他不知道的是，母亲内心的感受。按理说，有他这样一个儿子，母亲该是多么悲痛啊。可是，母亲却每天都乐呵呵地笑着，不停地和他说话，给他唱歌。母亲的话反反复复，母亲的歌来来回回。

他心烦时，会打断母亲的话语或歌声，说："妈，别再唱了，烦死了。"

他非常烦躁，甚至有想死的冲动。他拒绝上学，拒绝和任何人接触，不喜欢看到那些同情的目光。他内心的烦闷越来越强烈，无从发泄时，就只好发泄在母亲身上。他想：在这个世界上，唯有母亲是可以任他发泄的对象。

后来，母亲托邻居从城里给他买回了一块画板和一盒颜料。这两样简易的绘画工具，花掉了母亲几天的工钱。拿到绘画工具时，他终于笑了，说："妈，以后我要当个画家。"但他说这话时，没有一点底气。

他画画时，母亲不再说话和唱歌，任他一心一意地画着。洁白的画纸上渐渐地展现出了他的世界：高山、流水、田野、春风……唯独没有母亲的身影。母亲夸他画得非常棒，他有些沾沾自喜，也确实觉得自己画得很不错。他问母亲："妈，你在我的画里看到了什么？"母亲说："看到了美丽的大自然。"他勉强地笑了笑，没再说话。

他依旧不停地画，不吃饭、不睡觉也要把画画完，简直有些走火入魔了。如此一画，就是几十年。在他四十岁那年，母亲病倒了，像他一样无法再行走。生活一下陷入了困境，他只好开始卖画。每天摇着轮椅去街上叫卖，很多人投来同情的目光，他不再拒绝这些同情。每走过一个人，他就低声哀求道："大哥，买我的画吧，家里有老母亲要养呢。"

每天都能卖掉一两幅，价钱不高，却足以维持生活。因此，他学会了许多不曾做过的事情：为母亲洗澡、为母亲煮饭、为母亲梳头、为母亲唱歌……日子如此宁静地过着，他不敢想未来，也不敢抛弃未来，因为他的未来就是母亲的未来。

有人劝他，给画里添些人物吧，比如美丽的女郎、可爱的孩子，哪怕是慈祥的老人也好。否则，整幅作品只有自然风光，看上去就显得过于单调，喜欢的人不多，卖的价钱自然也不会高。可是他很执拗，没有听取大家的意见，依旧以自己的风格展示着内心世界。

终于有一天，他的画被城里来的商人看中。商人曾经是一名老画家，对画里的景物进行了一番细致地研究后，发出一声惊叹："天啊！这样的作品恐怕是世界首创吧！"原来，他的画里有人！有一个真实而生动的母亲！母亲是由众多景物拼凑而成的，是一张色彩斑斓的母亲图！图中的母亲那么慈祥地笑着，时而在弯腰劳作，时而在凝视远方，时而在唱歌。后来，商人把他们母子请进了城里，为他们买了房子，请来了佣人。他只需要作画，就可以赢得所需的财富，也赢来了名气和婚姻。

偶然间，他在书中看到一句话："人，只有在自己站起来之后，这个世界才能属于他。"他因此沉思了许久。如果说他坐着也能拥有整个世界的话，那么一定是母亲送给了他一颗坚强而执着的心。

◀ 黑印章和红印章

　　方小明站在教室门口，小声地说了一声："报到。"声音小得只有自己能听到，"哇啦啦"响的广播体操音乐几乎淹没了所有的声响，更别说方小明那个噎在喉咙里的"报到"了。

　　那声"报到"自然引来了胡老师的不满。方小明低着头，感觉胡老师像一阵风般走向他。果然，仅几秒钟的时间，胡老师的一只手就沉重地压在了他的肩膀上。胡老师严厉地说："方小明，你又违规了！"

　　方小明抬起眼睛朝胡老师看了看，又赶紧低下头来。胡老师自然不会那么轻易地放过他，那只压在他肩膀上的手沉沉地摇了摇，方小明的肩膀就像波浪一样起伏了一会儿。接着，胡老师的声音又传了过来："为什么迟到？"

　　方小明想了想，终于说："爸爸在家照镜子。"

　　这句话让胡老师愣了半秒钟。这半秒钟里，方小明看到了胡老师嘴角边隐现出的一丝笑意，但笑意瞬间又收了回去，换来的依然是胡老师严厉的声音："方小明，你知不知道，说谎也是一种违规的表现。"

方小明赶紧解释："胡老师，是真的，爸爸照镜子照得太久了。"

胡老师不再多说，把搁在他肩膀上的手朝他的座位方向推了推。方小明只好可怜巴巴地走向了座位。

晚上，方小明做梦了。他梦见自己被许许多多的钳子夹住，动弹不得。刚想张嘴呼叫时，一个钳子就从天而降，紧紧地钳住了他的嘴巴。这时，胡老师的声音不断地传来："方小明，上课不能讲话！方小明，不能带玩具来玩。方小明，你为什么不穿校服？方小明，你的字没有按笔顺写……"

醒来时，方小明浑身是汗。他翻了个身，发现爸爸不在，就"咕噜"一声爬起来，喊道："爸爸，爸爸，你在干嘛？"客厅里的爸爸挂掉电话，匆匆跑过来，摸着他的头说："赶紧睡吧。"方小明这才又躺下了。

虽然胡老师强调过"独立性"的问题，但方小明还是不敢独立睡觉。他害怕半夜会有怪物跑出来把他抓走。所以，他一直安慰自己：和爸爸一起睡觉不算违规吧，这一点胡老师可没说过的。

胡老师说了，违规一次就要被盖上黑印章。黑印章太多的话，就得不到她的礼物了。方小明不是不想要礼物，而是他常常不自觉地就违规了。所以他得到了不少黑印章，他为此还向爸爸表示过委屈。他满腹苦水地说："爸爸，胡老师不让我们吃早餐时说话，可是中午放学时，我看到学校的饭堂里，老师们一边吃饭一边说说笑笑，可热闹了。"

爸爸听了"呵呵"地笑。爸爸说："违规是视情况而定的。如果你为了帮助别人而迟到，那么这样的违规应该得到表扬。"

方小明一听，立刻闪出了一个念头。

第二天一大早，方小明就到了教室。其他同学还没来，他就趴在窗口前等。好不容易来了一个，方小明立即冲上去，拽着陆凡同学的胳膊说："陆凡，拿你的语文书出来。"陆凡一副莫名其妙的样子。方小明也不多说，直接就把他的书包从肩膀上取下来，"哗啦啦"地翻出了语文书。然后，迅速地从自己的口袋里掏出一个红印章，"咚咚咚"地就往陆凡书上的黑印章上盖去。陆凡一看就乐了，嚷起来："方小明，盖得好！盖得好！"听陆凡这一叫，方小明更得意了。不一会儿，就把陆凡书上的黑印章全部都盖上了红印章。

陆续又来了其他同学，方小明也都一一为他们盖上了红印章。

当胡老师来到教室时，孩子们脸上的笑容还洋溢在教室里。胡老师看着这些笑脸，竟有几分陌生了。教了这群孩子大半个学期，每次走进教室，大家都沉着个脸，似乎总在担心一不小心就又被盖上黑印章。可是，今天不同了，他们的黑印章都变成红印章了。

当胡老师还在疑惑时，方小明拿着一本语文书走了上来。他笑眯眯地说："胡老师，我爸爸说，如果帮助别人的话，违规也是可以得到表扬的。我刚才帮助大家了，以后大家都会开开心心的，因为他们的黑印章都变成红印章啦。"

胡老师接过方小明手中的语文书一看，心里忽地就"咯噔"

了一下。她望望方小明，又望望孩子们，终于也笑了。她说："是老师用错了印章。以后凡是有进步的同学，我都给大家盖上红印章。"说着，她接过方小明的红印章，高声宣布："从此废除黑印章啦！"

教室里顿时响起一片欢呼声。

◀ 门　路

　　苏格拉底说："快乐就是这样的，它往往在你为着一个明确目的忙得无暇顾及其他的时候，突然来访。"如此偶然的快乐，是不是像中了大奖一般？而凌浅偏就遇到了这等好事。当然，捡来的不是大奖，而是一份曾经日思夜想的工作——教师。

　　这个"偶然机会"是某群友清姐传来的一则消息，说是某校正在招教师，条件合适的可和她联系。当时，凌浅抱着开玩笑的口吻发了一条信息过去："想当年，我意气风发地要当一名教师，却总是被拒绝。而如今，我意气风发的中年已经到来，而——教师，你离我还有多远？"清姐看到后，立即积极响应起来，要了凌浅的个人简历。第二天，她便发来了好消息："小浅，恭喜你，周一就能上班了。"

　　从事教师行业一直是凌浅毕业以来的梦想。如今，毕业已经三个年头了，这三个年头里，她一直被拒绝在"教师"这扇门外。没想到，在她几乎放弃了这扇门之后，这扇门却不经意间敞开了。虽然与清姐未曾谋面，甚至未曾交流过什么，但若不是她这举手之劳的热情，凌浅又怎么会有机会遇到这样的好事呢？于是，凌浅便约她吃了顿饭，以示感谢。后来，在饭局中凌浅得知，清姐虽是一名家庭主妇，但和校长的关系甚好。而这层关系意味着什么呢？你懂的吧。社会就是那么现实，即便是一次"偶然的机会"，也还得有贵人相助才行。倘若清姐仅仅是个与校长毫无关系的网友，想必这扇门也不会如此轻易为凌浅而开。

思前想后，凌浅决定走"俗人路线"——送钱。

培根说过："外在的偶然因素经常影响人的命运，但人的命运主要还是掌握在自己手中。"是的，这扇门开了，但路还有好长，今后的命运还得自己把握。怎么把握？凌浅想，除了自身能力外，首先还得先稳定关系才行。这年头，没有人不想要好处的。这钱不送出去的话，我心里实在不踏实。于是，凌浅便趁着中秋之际去给清姐送月饼。当然，月饼里还藏着一份难以言说的情意。清姐自然是懂的，也没推辞，默然接受了。

但送给校长这一份就有点麻烦了。凌浅刚入校不久，和校长也没真正打过照面。这样唐突地送过去不太好，让清姐转交嘛，自己又不安心。这种事越少人知道越好，万一被查出个什么来，也扯不清。再加上，近期抓腐败抓得相当紧。虽然送去的不是什么大钱，但毕竟也触到了那条线。所以，凌浅觉得要尽可能地做到低调安稳。倘若被抓了小辫子，别说自己"这扇门"的安危了，连校长"这扇门"也很可能被连累。

再三考虑后，凌浅决定把一张银行卡夹进书里送出去。

这天，阳光灿烂如花，清风温柔似锦。凌浅在楼梯口处打量了好久，确定校长室里没有人了，便走了过去。校长办公室的门是一扇红褐色的铁门，门漆闪闪发光，庄严而神圣。凌浅在门前犹豫了片刻，终于鼓起勇气敲响了它。

校长看到凌浅时，微微愣了一下，忙又笑着道："凌老师，有什么事吗？"

凌浅不是一个擅长交际的人。面对如此淡定从容的校长，她一下子有些瞠目结舌起来，也或许是一直在为自己的行为感到不安的缘故。待校长给凌浅递来一杯茶水时，她才想起了手中的书。她说："校长，也没有什么事，这本书挺不错，想介绍给您看看。不过……"凌浅顿了顿，又接着说："您现在别看，回家再看好吗？"

接下来，令凌浅感到难堪的事就发生了。校长的笑容瞬间就收了回去，她没有接过凌浅手中的书，而是严肃地盯着凌浅的脸，说："凡是这扇门里不能看到的东西，我一概不拿。您收回去吧。"凌浅当即窘得不行，半天应不上一句话。校长便拍拍她的肩膀，语重心长地说："你的简历我看过的，师范大学毕业，热爱文学，业余作家，一直梦想当老师，并且为这份职业你等了三年。这一切，足以让我收下你。请你不要以为这是一次偶然的获得。事实上，你如果没有这几年的磨炼，没有一定的人生阅历，我不会轻易为你开启这扇门。"

原来，门与路是永远相连的。门，既是路的终点，亦是路的起点。它可以挡住你的脚步，也可以让你走向世界。而校长那一扇门，便永远地停留在了凌浅的心里。因为那是一扇高洁的门，她想，它会引领着自己走向未来的路。

◀ 一阵风吹过

风吹得有些残，一阵一阵的，把圣诞前夕的气氛扰得凌乱，既似庆典又似戏谑。所幸清兰市的气候不算冷，就算残风肆虐，也终可见忽明忽暗的阳光。

叶箐走在路上，从宽敞的大马路折进狭窄的羊肠小径，披着忽明忽暗的阳光，显得多少有些洒脱。那一阵一阵的残风继而步步紧逼，把叶箐的长发一次又一次地拂起，像捣蛋的孩子在和她的头发玩游戏。

这里是琅东一带，是清兰市有钱人聚集的一带，叶箐想在这里买一套小居室，虽然她不算是有钱人，但她很想挤进这有钱人的地带里。她一路上比较着琅东最近新推出的楼盘，刚有些眉目，一阵风又开始狂舞。叶箐的头发随风一飘，正好打中擦身而过的一个男人。男人转头看了一眼叶箐，露出一副坏笑，然后"嘘"地一声长啸后，得意扬扬地飘走了。

叶箐"呸"了一声，骂道："不要脸的！"

叶箐继续走，在拐角处的报刊亭停了下来。她在翻阅 12 月份的《读者》，翻到第二十五页的时候，报刊亭的小姑娘"咳咳咳"地咳嗽了几声。叶箐抬头看了一眼扎着羊角辫的小姑娘。这时，一阵风又卷起，吹得杂志和报纸"哗啦啦"地响。几秒后，风过声止，小姑娘又开始"咳咳咳"地喘息。

叶箐丢下手中的《读者》，想起这阵子的"甲流"肆虐，连忙捂着嘴巴走开了。

走出几步，叶箐本能地摸索腰间的挎包。她本来想弄个口罩来遮掩一下的，不想挎包没带，才想起临近年关，小偷小摸的事件时常发生。光这条小路，一个月就发生了三起抢包案，所以，她今天特意没带包出来。想到这，她拍了一下自己的脑门，骂自己："瞧我这猪脑！"

残风不断，叶箐的步履开始加快，就差最后一个拐角了。

这时，又起一阵风，这阵风比前几阵来得更为猛烈一些。树叶开始纷纷扬扬地飘落，多少有点电影《英雄》里刀光剑影的味道。叶箐用手顺了一下长至腰间的头发，还未顺好，一只粉色的袜子从叶箐的头顶上坠下，恰好打在叶箐的头上，愣是把叶箐吓了一跳。叶箐抬起头，看见"芙蓉苑"上面的阳台挂着各式各样的衣物，那些衣物随着风摇摇欲坠。她又低下头，看了一眼打中她的粉色袜子。她发现那只小袜子里面露出一点类似于钞票的颜色。她好奇地弯身捡起，不看不要紧，一看还真吓了一跳，里面齐刷刷地塞着十张百元大钞。

叶箐四顾瞄了一眼，发现没人，然后顺手把袜子塞进了她的黑色羊毛大衣里。刚走几步，她就有点后怕，这钱不是她的，她拿了会不会出事。如果被楼上的人看到了会不会直接报警，要是报警了，她会不会被罚更多的钱。她越想越怕，终于停住了脚步。

这时，又一阵风吹来，把叶箐吹得像个女鬼。她惊慌失措地回头看了一眼，确定四周没有人，于是又自我安慰起来："没事的，万一这确实是一笔意外之财呢，反正我不拿，别人也会拿……"想着想着，她就又继续往前走，刚走至"芙蓉苑"的大门，被一个穿着棕色羽绒服的男人截住。

"刚才我家阳台上掉的袜子是你捡到的吧？"男人从眼镜里隐隐约约地露出一双单眼皮。

叶箐被男人吓了一跳，赶紧回话："哦，我正想交给门卫呢。"

这时，戴着大盖帽的门卫瞄了一眼叶箐，问道："交什么给我？"

"是他家阳台被风吹下的一只小袜子。"叶箐说着，从羊毛大衣里掏出袜子递给了男人。

"呵！谢谢，谢谢！"男人一脸庆幸的表情。

"没事。"叶箐装出一副满不在乎的表情，心里却是直打鼓。还没等男人翻看袜子里的钱，她就迅速地往前走去，留下一个长发飘飘的背影给男人。

刚迈出十几步，戴眼镜的男人朝着叶箐的背影喊道："别走那么快，你调包了！"

叶箐刹住脚步，转头问他："调什么包？"

男人说："你过来，当着保安的面好算账。"

叶箐的脚步又被折了回来。男人从袜子里掏出那十张百元大钞递给保安："你帮我看看，这几张是不是假钞？"

保安接过钱，先是摸，然后再看，最后揉搓，才敢断定："嗯，是假钞。"

这时，一阵风又狂乱地舞起，把立在"芙蓉苑"门前的三个人吹得面目狰狞……

◂ 刘禾兑的爱情

　　刘禾兑把头盔挂在手上，阳光从树叶间的缝隙透过来，零零星星地洒在他的身上。他一动，仿佛这些光点也跟着跃动。刘禾兑抬起手腕看了看，已经十二点过一刻了，于小英还没下来。于是，他把头盔捧在怀里，让光点落在头盔上。看着这些光点，刘禾兑忽而想起应该给于小英买个阳光储存罐。这一想，他就咧开嘴笑了。

　　于小英从办公楼下来的时候，气嘟嘟的，似乎想说什么却又没说。

　　到了百饺园，刘禾兑给于小英点了她最爱吃的大葱羊肉水饺、小烙饼和一杯苹果醋。于小英一直不说话，眼睛也不正眼瞧一下刘禾兑。刘禾兑有些懵，问了几遍"怎么了"也不见她回应。

　　待到于小英把饺子和烙饼吃完后，才咬着苹果醋的吸管说："刘禾兑，你爹不是老师吗？"

　　刘禾兑怔了一下，他觉得于小英只一个上午的工夫就像变了个人似的。昨天晚上她还叫他"兑兑"来着，今儿个就成了"刘禾兑"了。

于小英吸一口苹果醋，又抬眼盯着他看，盯了好半天才挤出三个字来："禾兑税。"

刘禾兑"嗯……"了一声。

于小英就又说："你爹怎么给你起了个这样的名字？刘禾兑，禾兑税，刘税，溜税……"

于小英这一说，刘禾兑就更懵了。他把于小英的手抓进自己的手心里："小英，看你最近忙着天天加班，实在顶不住就歇歇吧。"

于小英把手抽出来，一脸怒气道："我们两公司的合作到此结束了。"

说起刘禾兑的这笔业务，还真是偶然。要不是那天因为一张发票，于小英绝对不会想到自己和刘禾兑能扯上什么关系。当时她只是跟刘禾兑买了一个 U 盘，而且她根本没想要发票的，结果刘禾兑叫住了她，并且执意给她开了发票。用当时刘禾兑的话说，这发票可是维护消费者权利的有效凭证，不要不得。

那次遭遇使于小英潜意识里对刘禾兑所在的创欣公司有了深刻的印象。恰巧不久后，于小英所在的公司要更换耗材供应商。负责耗材采购的于小英脑海里即刻就冒出了刘禾兑的笑脸来。后来，她向领导推荐了创欣公司。经过公司一系列的审核后，这一合作便顺水推舟地达成了。

刘禾兑和于小英的爱情刚刚萌芽，这突然的"停止合作"使刘禾兑不免有些紧张。他一时不知该说什么。他看着于小英，于小英却不看他。她咬着吸管望向窗外的街市。刘禾兑便用脚从桌子底下轻轻地蹭她。于小英无动于衷。刘禾兑再蹭，于小英就把脸转回来，怒视着他。刘禾兑就说："我不管是什么原因使我们的合作停止的，停止就停止吧，但我们的爱情还是要继续的。"

刘禾兑的话似乎使于小英有了些许触动。她垂下眼睛，把杯子里的苹果醋吹得啪啦啪啦响。响了好一会儿后，于小英就说："难道你真不知道？"刘禾兑就摇摇头。于小英说："这个月你公司给我们提供的发票是假的！"

刘禾兑怔了一下，他绝对没有想到这发票上会有问题。他即刻给公司的财务打去电话。经过一番了解，刘禾兑沉重地叹了口气说："小英，确实是我们的问题。这次的发票我们财务没有到正规部门去购置。"

于小英一听，气一下子就冒上来了："我以为你只给我们开了一张假发票，没想到你竟敢成批地开！说轻了你这是偷税漏税，说重了你这是犯法！"说着，气嘟嘟地站起来，拎起皮包走了。

刘禾兑赶紧付了账，追出去。于小英见刘禾兑追上来，撒腿就跑。于小英的高跟鞋哪里敌得过刘禾兑的飞毛腿？没几下，刘禾兑就整个儿把于小英抱进了怀里。于小英一挣扎，刘禾兑索性就把她抱起来，一直抱上他的摩托车。又把于小英的两手拉过来，揽住他的腰，踩了油门，向西街驶去。

于小英这会儿却安静了。她把头靠在刘禾兑的后背上，也不说话。她希望刘禾兑解释些什么，刘禾兑却也不说。直到摩托车在温馨礼品屋前停下时，于小英才恍过神来。刘禾兑跳下摩托车，走进礼品屋。半会儿工夫就捧出一个阳光储存罐。刘禾兑说："我要把诚信和阳光全送给你。"说着，把储存罐放进了于小英的皮包里，跳上摩托继续向西街驶去。于小英问："去哪？"刘禾兑说："我重新去税务机关买发票，把所有开出去的发票全换回来！"

于小英一笑，嗔怪道："兑兑，我还想和你过一辈子呢，你想犯法，我第一个不答应！"

◢ 梦断红楼

小雨踮着脚往窗里探，红楼里的姑娘真如二喜哥说的那样，穿着紫红色旗袍，头发绾成结，结上镶着银簪，走起路来袅袅娜娜，和《红楼梦》里的姑娘们有几分神似。

一楼大堂里流淌着轻柔的音乐，幽蓝的灯光散发出来。偶尔，几个客人在走廊穿过，拐进楼道旁的卫生间里。窗口就位于卫生间斜对面，有人走过时，小雨就缩回去，片刻之后又探出头来。几个姐姐在给客人泡茶，手势忽高忽低，忽转忽绕，像条柔软的纱巾在流转。

正看得痴，二喜从楼上下来了，走到窗口时向小雨晃了晃手。小雨不情愿地缩回脑袋，绕出了红楼后面那片小竹林。

小雨说："哥，红楼里的姐姐真像你说的那样漂亮。"

二喜拍拍小雨的脑袋："哥从不说谎。"

红楼建在新开辟的马路旁，这条马路东接怀河市，西连滨阳城，是怀河市政府为了响应西部大开发而开拓的。沉佛村就坐落在这条路的两旁，包括小雨家的小面馆。

城里有车的人都喜欢往郊外跑，跑累了就在小面馆里一坐，吃上一碗爽溜溜的面。在那样一个空气清新、田园飘香的地方尝上那么一碗农家小面，对城里人来说确实是一种享受。

红楼就是看准了这样的商机而建起来的。红鳞瓦六角楼古香古色，特别是在夜里，灯光亮起时，似乎要把整个沉佛村都煽动起来了。有些居民搬个板凳坐在门边远远地望，调皮的孩子还会穿过马路去吹口哨，年轻的小伙子也会特意经过那儿打望一下红楼里的姑娘们。

自从红楼开张之后，小雨家的生意也越发好起来。有些茶客常常会要求吃一些面点之类的小食品，红楼就会打电话过来定做。做好后，小雨妈就唤二喜去送，小雨就跟着去。

小雨11岁生日的时候嚷着要一件旗袍，小雨妈磨不过，果真给她定做了一条。粉色花边的小旗袍，很是可爱，把小雨乐得几天睡不着，每天晚上穿着它在房里来来回回地走。

二喜高考期间，小雨妈开始唤小雨去红楼送点心。小雨就穿上那件小旗袍，蹦蹦跳跳地去了。她穿过大堂，走上铺着红地毯的楼梯，上二楼，再上三楼，然后穿过三楼的走廊，最后直达厨房。厨房里有个大块头整天阴着脸，像是有谁得罪他一样。小雨把点心给他之后就闪了出来，跑到一楼大堂看姑娘们泡茶。看痴了，她就忍不住问吧台里收钱的姑娘："姐姐，什么叫大彬沐淋，乌龙入宫？"姑娘也不说，只是抿着嘴笑。小雨看到那样的笑容后也不问了，只是看，直到妈妈追上红楼来才记得回家。

小雨不喜欢待在三楼，不仅是因为三楼有大块头，还因为三楼都是包厢，包厢的门成天都是关着的，看不到里面的姐姐。但是有一回，她不得不待在三楼，那也是小雨待在红楼里的最后一回。那一回，小雨从厨房闪出来的时候，"白鸡冠"包厢里的客人突然探出头来嚷道："怎么没人泡茶？"小雨吓了个哆嗦。那是个长头发的男人，留着小八字胡。男人看到小雨后，咧着嘴笑："小姑娘，来给大爷泡会儿茶。"

　　小雨本来是不敢进去的，但她很想看一眼包厢。她觉得看一眼应该没什么大问题，然后就进去了。

　　包厢真大！三张黑皮大沙发围着一个大茶几。茶几正前方有茶盏、电视、卡拉OK。小雨看了一眼就要退出来，男人不依，把小雨按在茶盏旁的座位上，拉着嗓音说："小朋友怕啥呀，哥哥又不是大灰狼。"一面说着一面提起茶壶，提得老高，还学着姑娘们说："第三道，大彬沐淋，乌龙入宫。"小雨看到这之后一下子就乐了，她说这个她会。男人就把水壶递给小雨，小雨学着姐姐们的手势泡茶："第四道，高山流水，春风拂面……"

　　男人坐在旁边看。起初是看小雨手里的水壶，然后又看小雨的脸，最后把视线停留在小雨身上。小雨乐滋滋地泡着茶，一会儿"龙凤呈祥，鲤鱼翻身"，一会儿又"关公巡城，韩信点兵"，玩得不亦乐乎。男人也不去打扰她，只是一个劲地给她递果汁。小雨喝了果汁后，昏沉沉地直想睡。

　　后来，小雨就睡着了，睡得天昏地暗，不知南北。醒来的时候已经躺在自家的床上了。她觉得自己仿佛做了场噩梦，梦里有人在撕扯她，扯她的某个私处。痛，很痛！醒来之后还觉得痛。

小雨妈的脸紫黑紫黑的。小旗袍被剪成碎片，扔在地上，像一团乱麻。小雨看看妈妈，妈妈不看她，只是恶狠狠地说："以后再去红楼，我打断你的腿。"

小雨后来就只能趴在自家的窗口看，远远地看，看红楼深处的姐姐们。

◀ 母亲的桥

母亲是典型的农村妇女，最拿手的绝活儿就是种菜。

还在农村时，虽然家家都种菜，但母亲的菜却是村里数一数二的漂亮。母亲之所以能把菜种得如此漂亮，自然有她的秘诀。什么秘诀呢？就是"有意栽花花不发，无心插柳柳成荫"。其实，说得俗一点，就是母亲太贪心，摆脱不掉农村妇女的小家子气。她不甘心只种菜，还想种花。她觉得菜园只有绿色过于单调，便在菜园周围撒了一圈花种子。为了让这一圈花种子能够绽放笑脸，她着实费了不少功夫，却是枉然。不过，这番功夫倒是得到了青菜们的青睐，一棵棵都像喝了神水似的，长得绿油油的。

我六岁的时候，在城里工作的父亲把母亲和我们三姐妹都迁进了城里。进了城，母亲没了菜园，又没有其他工作可做，就一心一意地把我们三姐妹当"菜"种。说白了，我们其实一直都是她的"菜"，我们的诞生也应了那句"有意栽花花不发，无心插柳柳成荫"。为什么？就因为母亲一直想生个男娃，结果折腾了半天，男娃不领她的情，却"蹦跶蹦跶"地跳出了三个女娃来。真是失落呀！她都有了想跳楼的心，可又不忍心抛夫弃女，也就只好把我们当"菜"来种了。

实践证明，母亲的小家子气形象是相当根深蒂固的。想必是因为"栽花栽不成"的教训，她顿悟出一笔经济账来："栽花"费成本、费精力，吃力不讨好；而"插柳"成本低、消耗少，得力全不费功夫。这一想，也算是捡了个大便宜，她这才心里顺畅了。那就继续养"柳"吧。

母亲确实不像其他母亲那样，对待女儿不是"宠"就是"严"，她对待我们完全就是"无视"。反正她的意思就是，只要你们能够定时起床、按时上学、按时吃饭、按时睡觉、按时洗衣服、按时看书，那么你们就自由了，而她也因此自由了。

是的，把烦琐的教育放进规律里，省心省事！这大概就是母亲的"种菜秘诀"吧。也确实，因为有了这些"按时习惯"，她对我们完全可以"无视"了。而我们也在这样的习惯中锻炼出一种强大的本领——越来越独立自主了。

从"无心"插柳到"无视"栽培，我们居然也能茁壮成长起来，从一粒粒小菜籽变成了一棵棵大青菜。待到我们越长越高，房子空间越来越小之时，我们也就结婚了。自从我们各自有了自己的家后，母亲这下子彻底没"菜"种了。她变得有点魂不守舍，甚至有了几分呆傻。

过了两年，母亲实在憋不住了，就在小区里开辟了一块荒地，继续她的种菜生涯，并且能保证自给自足了。当她沾沾自喜地把自己的成果往我们三姐妹家里一家一户地送时，那一脸的笑容就像二十岁的姑娘一样灿烂！

母亲说："以后，周末都回家吃我种的菜吧，绝对的绿色无污染。"

不知是冲着母亲的笑容还是冲着她的青菜，反正一到周末，我们三姐妹就会拖儿带女、携婿地回到娘家，吃得其乐融融。

后来想想，在没有菜种的情况下，我们回娘家的次数大约为三个月一次。虽然在这方面，母亲并没有要求我们什么，但她显然对我们三个月回一次娘家非常不满。所以，在后来的吃饭过程中，她不经意间说了那么一句："要不是有这些绿色蔬菜，我还不知怎么邀请你们回来呢！"

我这才领悟出母亲的用意，她其实就是用她的菜在搭桥，用她的"青菜桥"把我们日渐疏远的关系联系起来。

是的，母亲的"青菜桥"既经济又健康，并且有着强大的功能。最为明显的是那一次，父亲和母亲吵架了，吵架的原因也正是因为母亲的菜。由于母亲擅自动用了小区里的地，结果她的菜在一夜间被物业公司清理掉了。

母亲很生气，想去物业公司理论，结果被父亲拉住了。父亲骂她是农村妇女，没有见识！父亲的话简直就是火上浇油，母亲当即气得扭头就往大姐家里跑，她决定要和父亲分居！看母亲那气势，我们以为她铁了心要和父亲分个一年两年的。没想到的是，这才分居了一个星期，母亲就不踏实了，想回去，却又拉不下脸来；而父亲的脾气也硬得很，他是不会主动求她回家的。这下子，母亲为难了，吃不香，睡不好，最后只好求助于我们。我们三姐妹相视一笑，心想：反正都是你种的菜，大不了永久地给你搭座"青菜桥"吧，无所谓啦！

　　想来，我们这一座"青菜桥"确实是经久不衰的。如今一晃又过了几十年，它从未曾修补过。七十多岁的母亲自是骄傲的，为这座"桥"，亦为她自己。

◀ 母亲的扫帚

儿时看过不少动画片，其中有个骑扫帚的巫师给我留下了深刻的印象。之所以深刻，应该是源于她那把神奇的扫帚吧。

我的母亲也有那么一把扫帚。虽然她没有巫师那样的魔法，但她确实凭着这把扫帚改变了全家。

母亲是一个典型的农村妇女，剪着个土气的锅盖头，一双并不漂亮的眼睛常常木讷地看着前方。看着看着，常常又会突然地向我们三姐妹吆喝些什么，诸如："哒芬，作业完成了吗？""哒芳，把你那屁股放到板凳上去！"母亲的嘴巴薄而有形，说起话来却不见得利索。除了那些吆喝我们的短句能清晰有力外，我没有再听过她更长、更通顺的语句。

母亲的皱纹很轻易地就会冒出来，仿佛她最舍不得岁月的流逝。一旦岁月悄然而过，她便会毫不留情地在脸上拉出一道道细线，这些细线又会被她很自豪地留在自己的脸上。如此一来，母亲看上去就有点巫师的味道了，她比同龄人都要显得苍老而木讷。

母亲有一把用高粱秆子编成的扫帚，不是用来扫地的，而是专门用来打我们的。这把扫帚被她高高地挂在墙壁上，像一把陈列品。

母亲在我们三姐妹心目中没有什么威信，她不像父亲那样，生起气来仅凭一双眼睛就能把我们吓退。母亲生气时的样子滑稽得很，她那双有点三角形的眼睛会睁得圆溜溜的，嘴巴不停地唠叨着。唠叨的内容来来去去也就那几句话："你们不听话是不是？不听话，我就打断你们的腿！"

我们三姐妹对母亲的愤怒不仅不害怕，还会嘻嘻哈哈地向她扮鬼脸，直至母亲忍无可忍地抓起墙壁上的扫帚向我们扑来，我们才会一溜烟地跑出去。母亲则一路挥着她的扫帚，把我们追到街头才停下脚步。我们远远地看到母亲倚着扫帚站在街头气喘吁吁的模样，就又嘻嘻哈哈地笑了。

母亲也有逮住我们的时候，她一旦逮住我们，手里的扫帚就会把我们的屁股拍得"啪啪啪"地响。我们则装出痛苦万分地哀叫，仿佛她那把扫帚是钢管、是皮带。然而我们是心知肚明的，她那把扫帚不过是一把"魔具"而已。这把"魔具"打起屁股来就像雨点打树叶，只闻啪啦响，却受不到一点伤害。

二姐到年龄该读书那会，死活不愿上学。母亲就花五毛钱给她买了一碗我们最爱吃的猪肉粉。在二姐吃粉的唏嘘声中，我不断地咽口水。母亲则不时看看我，最后终于说："哒芳，等你上学了，妈也给你买一碗粉。"我密密地点头表示很高兴。母亲咧嘴一笑，用那只粗糙的大手摩擦着我的脸，摩得我不住地往后退。

待到二姐把粉吃完，又把碗口舔了一遍后，母亲才想起了什么。母亲把书包挎在二姐身上，又转身抓起墙壁上的扫帚，突然"啪啪啪"地往二姐身上打。二姐一惊，赶紧跳出门口。母亲就扯着嗓门喊："去！上学去！读出个大学生来！"

我对母亲的举止深感疑惑。待到我上学时，为了不受母亲那把扫帚的打，我不像二姐那样死活不愿上学。吃完猪肉粉后，我乐呵呵地背上书包准备出门，然而仍然没躲过母亲的扫帚。她依旧抓起墙壁上的扫帚挥向我的屁股，把我赶出门口后，仍然扯着嗓门喊："去！上学去！读出个大学生来！"

在米镇上的那几年时光很快就过去了。我七岁那年，父亲借了"农转非"的光，把我们母女几个迁进了城。如此一来，母亲的扫帚便长久地留在了米镇上。我认为，从此以后，母亲的扫帚就不会再用于打我们的屁股了，它们最终会变成母亲手里的一把平平常常的扫帚。

我的想法确实是经过了实践的证明。没有了高粱扫帚的母亲进了城后，没再用扫帚打过一次我们。她生气时，虽然眼睛仍会睁得圆溜溜的，嘴里仍会不停地唠叨，但她手里没有什么可抓的对象了。她最终只能拿父亲来吓唬我们，唠叨到最后，她总会咬牙切齿地说："你们不听话是吧？好！我让你爸收拾你们！"

进了城的母亲没有田种，也没有什么工作做，家里仅靠父亲一个人的工资来维持。直至 1995 年，父亲因一次意外事故摔断了四根肋骨，整个家庭顿时陷入了经济危机。母亲才不得不又挥起她的扫帚。当然，这把扫帚已经不是我们儿时的那把了，那是一把——不！是很多把！很多把竹枝扫帚。这些竹枝扫帚被母亲挥得"刷刷刷"地响，这些声音，似乎在表达着母亲当时凌乱而坚强的内心。

这些竹枝扫帚是母亲去父亲的单位求回来的。她用了很多眼泪和一张满是皱纹的脸打动了父亲单位的领导。领导就交给她这些扫帚，说："我们也是人，我们也会为职工着想。以后你就在小区里当个清洁工吧。"

母亲用扫帚把我们三姐妹打大，她甚至愚昧地认为一把扫帚可以挥出三个大学生。当然，长大后的我们不得不承认，母亲的确是一名有实力的"巫师"，因为那把扫帚早已被她施上了魔法。这种法力，叫作母爱！

◀ 那些年，我们一起追的男孩

此时此刻，我没有想到会遇到兰。

她还是那样苗条，虽然三十好几了，但脸上仍然挂着当年的意气风发。

她当然也看到了我，更让我没想到的是，当我们四目相对的那一刻，我们居然都笑了。

罗素全就坐在我对面，这个当年被我们追得到处跑的男人因为我的笑僵住了。他转过头，也看到了兰。兰正款款走来，向我和罗素全的方向，笑盈盈地走来。

罗素全说："她怎么也来了？"我耸耸肩，说："估计也是追你追到这里来了。"

他笑了笑，不再言语。

兰走到桌前，还没坐定就埋怨道："想单独约会，没门！"说罢，叫来服务生，添了几个小菜，几瓶啤酒。再看看我，说："杨小芳，你不至于吧，不过十几年的时间就老成这样，还好意思和我抢罗同志？"

我嘿嘿两声说："罗同志都不嫌我老，你操什么心。"

她呵呵笑道："罗同志那是给你面子。"她把眼睛盯向罗素全，笑得无比灿烂，说："是吧，素全？"

罗素全抓起杯子，仰头喝光了一杯酒，说："你们就别再拿我寻开心了，吃了这餐饭，从哪里来还得回哪里去。"

气氛开始变得有些僵。我和兰一时也不知再说些什么，她干脆也仰头狂饮下一杯，我则低头嚼菜。

还是兰打破了沉默，说起了当年我们追他的糗事。

兰说："素全，当年杨小芳被几个男同学抢走书包那事，你还记得吧？当时，你拼了命地去追赶那帮坏小子，把书包抢回来时，杨小芳是不是笑得都傻了。那是杨小芳使的招，你咋就没看出来？"

我当然听不下去，赶紧反驳道："兰小姐，你也太损了吧，这个时候还拿那种事来糗我。你怎么不说说你自己，为了泡上罗英雄，把自己跳进水坑里，还哭得死去活来的。"

哈哈哈，兰笑得前仰后合。罗素全却不笑。

想当年，这个英雄式人物从我们班上崛起之时，曾经引起无数女生的雀跃与狂追，我和兰乃是众多女生中最为突出和持久的两个。罗素全爱打抱不平，喜欢扶危济困，虽然成绩算不上好，但实属我们女生心目中的英雄式人物。

毕业后，我们各奔东西，兰往北方跑，我则往南方去。罗素全留在本市，如愿当了警察，结了婚。可惜老婆不理解他的工作，婚后三年便提出了离婚。我和兰知情后纷纷表示愿意与他共结连理，却被他硬生生地拒绝了。拒绝的理由很充分，他说："易中天分析过中国男人有三种，一是奶油小生，二是无性英雄，三是忠臣孝子。既然你们把我当英雄，那我就当无性英雄了。"

圣女为什么会成为圣女，总有她们的理由。而我和兰的"圣"因，估计是一样的。我们怀着这个英雄情结一直在寻找，在十几年的寻寻觅觅中，终于被广大男人剩下了，而自己却给自己冠名为"圣女"。好不乐哉！

又是三年过去了，我们又"圣"了三年，罗素全也单了三年。再次相聚又是为什么呢？罗素全当然和我们想得不一样。他喝完最后一杯啤酒后，果断道："我不用你们可怜我，有时候可怜一个人比揍他一顿还要惨。"说罢，扬手叫来服务员，示意他推来轮椅。朝我们说："再会了，感谢你们这餐饭。"

我和兰没有再说话。我们还能说什么呢？眼前这个男人，这个被我们藏在心里十几年的男人，他执拗地坐上他的轮椅，执拗地甩开我们要帮他推出去的手。我们看到他吃力地、生疏地把轮椅一点点地往门外滚。那个曾经伟岸的背影如今只剩下半截了。难道当英雄的结果只能是这样吗？他救过无数人，破过不少案子，却保不住自己的一双腿。

我和兰追出去，夜色悄然而至，阑珊处，我们看到罗素全的头发被微风吹起，吹得有些凌乱，似乎带着一丝悲伤。

还要继续往前追吗？我在心里打着问号。我看看兰，她也正看着我。我们从来没有相约过什么，就连这餐饭也是不约而同的。

可是罗素全不知道，可能他一直认为我们是在可怜他，或者是在密谋可怜他。但是，我们能说什么呢？

那些年，因为我们一起追过的男孩，使我们又走在了一起，也算是缘分吧。

兰说："还要追吗？"

我下定决心地点了点头。兰笑了，我也笑了。

而后，我们冲向前，我推起了罗素全的轮椅，兰则跑在他跟前，狠狠地揪住他的耳朵嚷："罗同学，你想甩了我们，没门！"

▶ 妈妈的轮廓

谁都不知道卓然的妈妈长什么样，连卓然自己也不知道。卓然印象里，睁开眼睛看到的第一张面孔是一张布满胡楂的男人的脸，卓然后来称这个男人为爸爸。

卓然长到四岁的时候，爸爸带回一个女人。爸爸让卓然把那个女人叫作妈妈。卓然叫出第一声"妈妈"的时候，那个女人的肩膀抖了一下，然后尖着嗓子叫起来："呀！还是别叫我妈妈的好，叫我阿姨吧，叫妈妈显老了。"

后来，卓然就再也没有叫过妈妈。即使是五岁时，爸爸又换了一个女人。虽然这个女人不像第一个女人那样爱臭美，不会像第一个女人一样为了化妆而不顾卓然尿湿的小屁股，但是这个女人爱打麻将，半夜三四点钟还能听到客厅里传来"噼噼啪啪"的声音，整得卓然长期失眠。

六岁的时候，爸爸又把那个爱打麻将的阿姨换掉了，换了一个医生。这个医生阿姨长得很严肃，整天对卓然指手画脚。她嫌卓然不讲卫生，整天穿着鞋子跑上床睡觉。卓然坐在地板上的时候，她还会抓起鞋子向卓然扔过去，说："小子，又坐地上了，生病了别找我啊！"

八岁的时候，这个医生阿姨再也不能忍受卓然和爸爸不讲卫生的恶习，在一个春意盎然的日子里离开了。

九岁的卓然什么都不好，唯独数学好。数学很好的卓然开始对着镜子和爸爸的相片换算——换算什么？换算妈妈的脸。

爸爸的眼睛不大，卓然的眼睛很大，卓然就把妈妈的眼睛换算出来了：卓然想，妈妈的眼睛应该很大，眉毛弯弯的，会笑。那么鼻子呢？爸爸的鼻子挺拔，卓然的鼻子也挺拔，卓然就想，妈妈的鼻子一定也挺拔。接下来就是嘴巴了，爸爸的嘴巴太薄，薄得有些锋利，而卓然的嘴唇一点儿也不薄，当然也不厚，刚好合适，红润润的，像抹了唇膏一样。卓然就想，妈妈的嘴唇一定很性感。最后就是妈妈的脸形了，爸爸是国字脸，而卓然的脸有些方又有些椭圆，卓然就毫不犹豫地在纸上画了一张椭圆的脸。

妈妈的脸就这样被卓然换算出来了。卓然看了又看，忍不住笑出声来，因为他见过这张脸。

每天傍晚的时候，卓然就会跑到阳台去坐。卓然的阳台很大，也很长。傍晚时分，晚霞会把阳台映衬得格外美。一轮太阳悬在不远处，像犯了错的孩子，脸憋得红红的。偶尔会飞来几只小鸟，立在阳台的衣架上"叽叽喳喳"地叫。

但是，卓然坐在阳台上不仅仅是为了看小鸟和晚霞，他是在看四楼斜对面阳台上的"妈妈"和小女孩。

"妈妈"和小女孩总是在傍晚的时候跑到阳台来做游戏，有时候踢毽子，有时候两条腿儿一缠，屁股一蹲一起，唱起了"编、编、编花篮，花篮里面有个小女孩……"有时候，小女孩会躲在门后，"妈妈"就会"喵喵喵"地叫，然后两只手一张一缩地做着抓小老鼠的游戏。

坐在阳台上的卓然常常会被逗得"咯咯咯"地笑。

卓然把妈妈的脸换算出来后，就把这个好消息告诉了他的好朋友亚强。卓然说他找到自己的妈妈了，他妈妈就住在他的楼下，是一个喜欢做游戏的妈妈。

后来，亚强又把这个好消息告诉了他的好朋友赵小小，接着赵小小又把这个好消息告诉了他的死党张唤。最后，消息像一阵春风一样传进了四楼的小女孩那里。

又是一个夕阳红的傍晚，四楼的"妈妈"和小女孩没有出来。可是卓然仍然傻傻地盯着四楼的阳台，他好像听到小女孩的哭声，接着一个男人的声音像一阵暴风雨一样传进卓然的耳朵里。卓然想，是不是"妈妈"出事了？他站起来，想冲下四楼去，去敲开"妈妈"的门，可是他的腿迈不开，他有点犹豫。

这时候，卓然家的门铃响了。爸爸开了门，卓然探出头去看，不是别人，正是卓然换算出来的"妈妈"。

可是，"妈妈"站在门口边上不进来，她只是给了爸爸一个响亮的耳光，然后很生气地说："以后请教育好孩子。"

卓然躲在阳台上笑了，眉毛弯成了弓，心里像吃了蜜一样甜。卓然想，她真的是我的妈妈，只有妈妈才敢打爸爸。